काली औरत का ख़्वाब

काली औरत का ख़्वाब

इरशाद कामिल

संकलनकर्ता

परमिन्दर कुमार

वाणी प्रकाशन

प्रकाशन के उत्कृष्टतम 62 वर्ष

vaniprakashan.com

सजिल्द पहला संस्करण : जनवरी , 2019
सजिल्द दूसरा संस्करण : मार्च, 2019
सजिल्द तीसरा संस्करण : जनवरी, 2020
सजिल्द चौथा संस्करण : फ़रवरी, 2025

वाणी प्रकाशन

4695, 21-ए, दरियागंज, नयी दिल्ली-110 002

फ़ोन : + 91 11 23273167, 23275710

शाखाएँ

अशोक राजपथ, पटना-800 004, बिहार

कॉफ़ी हाउस कैम्पस, महात्मा गांधी मार्ग, प्रयागराज-211 001, उत्तर प्रदेश

महात्मा गांधी अन्तरराष्ट्रीय हिन्दी विश्वविद्यालय, वर्धा-442 001, महाराष्ट्र

sales@vaniprakashan.in
vaniprakashan@gmail.com

KAALI AURAT KA KHWAB
by Irshad Kamil
Compiled by Parminder Kumar

ISBN : 978-93-88434-59-1
Stories/Songs

मूल्य : ₹ 425

सिटी प्रेस, दिल्ली-110 095 में मुद्रित

वाणी प्रकाशन का लोगो मक़बूल फ़िदा हुसैन की कूची से

बड़े भाई सलीम और
भाभी तय्यबा के लिए...

नया टुकड़ा

किताबों के संस्करण दरअसल किताबों के जन्मदिन की तरह होते हैं। ये किताबों की ज़िन्दगी में होने वाली वो घटना है जिसकी ख़ुशी मनाना ज़रूरी है। ज़रूरी है मुबारकबाद देना और लेना।

मैं चाहता था मेरे कुछ गीतों का सफ़र आपको पता हो, उन गीतों के रास्ते में आने वाली ऊँची-नीची ढलानों, पथरीले रास्तों और हरी-भरी वादियों के बारे में आप जानें, बस इसी मक़सद से लिखी थी यह किताब जो अपनी तरह की पहली थी और अब यह अपने चौथे संस्करण में आ गयी है। आपने इसे कितना प्यार दिया है यह मुझसे ज़्यादा मेरे प्रकाशक जानते हैं। आपके मोहब्बत भरे ख़त (मेल) अक्सर मुझ तक पहुँचते रहते हैं जिनमें तारीफ़ें तो होती ही हैं साथ में एक सवाल भी होता है कि मैं इस सिलसिले की अगली किताब कब ला रहा हूँ? या मैं 'रॉकस्टार' फ़िल्म की गीतकारी पर किताब कब लिख रहा हूँ? मैं भी इस किताब के सिलसिले को बढ़ाना चाहता हूँ, शुरुआत कब होगी मुझे नहीं पता। 'रॉकस्टार' की गीतकारी पर भी बहुत कुछ कहना चाहता हूँ लेकिन कब कहूँगा नहीं पता। बस इतना पता है कि कभी-न-कभी कहूँगा ज़रूर।

लेकिन फ़िलहाल मैं आपको यह बता देता हूँ कि जो इस किताब में है वो गीतों का एक पहलू है, मेरे ख़्याल से गीत के और भी कई पहलू होते हैं। इसमें सबसे ज़रूरी पहलू है धुन, फिर उस धुन के आस-पास बजने वाला संगीत, फिर गायक की आवाज़ और फिर उसके बाद आवाज़ और संगीत की मिक़्दार को सही मायने में परोसने वाला मिक्सिंग इंजीनियर।

धुन एक ख़ूबसूरत जिस्म होती है और लफ़्ज़ उस जिस्म का चेहरा है। मोहब्बत जिस्मों से पहले, चेहरों से होती है। किसी धुन में शब्द भर देना गीतकारी नहीं है, किसी फ़िल्म की स्थिति-परिस्थिति के मुताबिक बोल गड़ लेना भी गीतकारी नहीं है, अनसुने शब्दों से सुनने वाले को चकित करने की कोशिश करना, तुकबन्दी में लिख लेना, धुन मिलने से पहले गीत पूरा कर लेना या फिर किसी लच्छेदार हुक को ढूँढ़ लेना—कुछ भी गीतकारी नहीं है। तो सवाल यह है कि असल गीतकारी है क्या? मुझे नहीं पता। यक़ीन कीजिए मैं ख़ुद इस सवाल का जवाब ढूँढ रहा हूँ, जिस दिन मिल गया आपसे ज़रूर साझा करूँगा। अभी मैं सिर्फ़ ज़िन्दा गीत लिखने की कोशिश कर रहा हूँ पिछले कई सालों से। ज़िन्दा गीत किसे कहते हैं? यह मुझसे ज़्यादा आप जानते हैं। नहीं जानते तो थोड़ा धैर्य रखिए, अगले संस्करण की भूमिका में बताता हूँ कि ज़िन्दा गीत किसे कहते हैं। तब तक आप सबको बहुत मोहब्बत।

दूसरे संस्करण की भूमिका

अरे! इरशाद कामिल दस हफ़्तों में दूसरा संस्करण? ये तो कमाल ही हो गया। ख़बर सुनकर मैं अकेले कमरे में ख़शी के मारे ज़ोर से चीख़ा। अब इससे ज़्यादा किसी क़लमकार के लिए खुशी की बात क्या हो सकती है कि अभी उसकी किताब लिखने की थकान भी न उतरी हो और दूसरा संस्करण लिखने की ज़िम्मेदारी आ जाये। यक़ीनन ये ज़िम्मेदारी थकान वाली नहीं बल्कि मोहब्बत की ज़िम्मेदारी की तरह ज़िन्दगी देने वाली है। शुक्रिया को रस्म मानते हुए और रस्मों का दिल ही दिल विरोध करते हुए मैं किसी को शुक्रिया नहीं कहूँगा। अपने प्रकाशन और पाठक दोस्तों के लिए मोहब्बत भरी मुस्कान। मेरे टुकड़े होते रहेंगे और आपके सामने आते रहेंगे...

अनुक्रम

मेरे कुछ टुकड़े

वही अख़बार का दफ़्तर होगा, वही दूसरी मंज़िल होगी, वही दूसरी मंज़िल का दायें हाथ का आख़िरी कमरा, जो दो हिस्सों में बँटा था। जिसके दूसरे हिस्से में एक अ-दिलचस्प सा अधेड़ बैठा विज्ञापन देख रहा होगा। दो हिस्सों में बँटे कमरे के झरोखे में रखा लाल रंग का सरकारी किस्म का फ़ोन बजा होगा और मेरी अम्मी ने कहा होगा, 'इरशाद से बात करवा दीजिए।' और उस अ-दिलचस्प अधेड़ ने मेज़ पर अपनी उँगलियाँ बजाते हुए कहा होगा, 'वो तो नौकरी छोड़ गया।' तब शायद मेरी अम्मी को यक़ीन आ गया होगा कि मेरे बेटे का बॉम्बे जाने का इरादा पक्का है। जब उसने बाकियों को बताया होगा घर पर, हंगामा तो हुआ होगा।

x x x

सर्दी अभी पूरी तरह उतरी नहीं थी पहाड़ से। घर के आँगन में देर रात तक बैठा जा सकता था। मैं चारपाई पर बैठा था, अब ऐसा लग रहा है कि वो चारपाई नहीं कटहरा था और मैं बैठा नहीं, खड़ा था उस कटहरे में। मेरे इर्द-गिर्द बहुत से लोग बैठे थे शायद मेरे घर वाले थे या पड़ोसी-रिश्तेदार या मेरे कोई भी नहीं, मुझे ठीक

से याद नहीं। मुझे सिर्फ़ मेरे ठीक सामने बैठी अपनी अम्मी याद है। इस बार जिसकी क़ब्र पर फातिहा पढ़ने भी नहीं आये थे मेरे इर्द-गिर्द बैठे कई लोग। शायद समय नहीं निकाल पाये होंगे अपनी व्यस्तताओं से।

एक ने पूछा, 'नौकरी क्यों छोड़ दी?'

दूसरा बोला, 'बॉम्बे जायेगा।'

तीसरे ने चटखारा लेते हुए कहा, 'गाने लिखेगा वहाँ जाकर आनन्द बख़्शी बनेगा।'

चौथा अपनी समझदारी दिखाते हुए बताने लगा, 'गाने लिखके पेट नहीं भरता।'

पाँचवाँ कहने लगा, 'गाना लिखना कोई काम होता है क्या?'

छठे ने कहा, 'काम करने का मन हो तब तो काम के बारे में सोचे।'

सातवाँ उचकते हुए बोला, 'जहाँ काम था वहाँ तो इसने नौकरी छोड़ दी।'

आठवें ने भी अपना मुँह खोलना ज़रूरी समझा, 'वो भी हमें बिना बताये।'

नौवाँ कहता, 'हम ही बोले जा रहे हैं उसे भी तो कुछ बोलने दो।'

दसवाँ फिर वही सवाल दोहराने लगा, 'नौकरी क्यों छोड़ दी?'

मेरी अम्मी ने उन सबसे ज़रा चिढ़ते हुए कहा, 'छोड़ी है तो कुछ सोच कर ही छोड़ी होगी बच्चा तो है नहीं वो।'

नुक्स निकालने और मज़ाक़ उड़ाने में, वहाँ बैठे आठ-दस लोगों में से हरेक, कम से कम तीन-चार लोगों के बराबर था। वो आठ-दस के आठ-दस लोग मेरी अम्मी को ऐसे देखने लगे जैसे उसने बहुत बड़ी बेवक़ूफ़ी की बात कह दी हो। असल में मुझे ठीक से याद नहीं कि वो आठ-दस थे, ज़्यादा थे, एक ही था, या फिर कोई भी नहीं था सिर्फ़ मेरा वहम था कि कोई है। शायद वहम ही था कि कोई है मेरे और मेरी अम्मी के अलावा उस घर में, मेरे और उसके साथ। फिलहाल बनना तो गीतकार ही था, ये वही ख़्वाब था जो बरसों पहले मेरे बड़े भाई सलीम ने देखा था। उसे भी शायद ऐसे ही आठ-दस लोगों ने रोका होगा, जो होंगे या शायद नहीं होंगे, शायद एक ही होगा, या दो। शायद उस वक़्त मेरी अम्मी इस तरह बोल नहीं पायी होगी। शायद बोलना नहीं सीखा होगा उसने तब तक। शायद भाषा नहीं आती होगी उसे उन आठ-दस लोगों की, जो आठ-दस थे, या एक-दो, थे भी या नहीं। क्या पता।

x x x

लगभग सत्रह साल पहले। पतला-सा, लम्बा-सा, मटमैला-सा, बौखलाया-सा, उम्मीद से भरा नौजवान उतरा है नयी दिल्ली बस अड्डे पर। थोड़ा जानकार है दिल्ली का, आ चुका है कई बार पहले भी दूरदर्शन के छोटे मोटे काम करने। हरे रंग का भारी सूटकेस हैण्डल की गरदन

से पकड़ा हुआ है। लोकल बस लेकर वहाँ जायेगा जहाँ उसका मलेरकोटला का पड़ोसी रहता है। वो पड़ोसी जिसके साथ दीवार पे खड़े होकर उसने बड़े पतंग उड़ाये हैं। वो पड़ोसी जिसकी आज कल अपनी घरवाली के साथ नहीं बनती। जिससे दुखी होकर एक बार चण्डीगढ़ फ़ोन किया था उसने इस बौखलाये से लड़के को। इस लड़के ने उस पड़ोसी को दस हज़ार का काम दिलवाया था अपनी जान पहचान से। उसी के एहसान तले उस समय पड़ोसी ने कहा था दिल्ली आ जाना मैंने किराये का घर लिया हुआ है वहाँ से दोनों चलेंगे बॉम्बे। मैं जानता हूँ बॉम्बे को, बड़ा मज़ेदार है, लेकिन सबको ख़ुश होकर नहीं मिलता, वहाँ भी है मेरा फ्लैट, एक दोस्त के साथ किराये पर लिया हुआ। उसी पड़ोसी ने कहा था एक-आध दिन मेरे साथ दिल्ली रुकना फिर दोनों बॉम्बे। लोकल बस में बैठकर उसी के घर जायेगा अब ये लड़का। आने से दो दिन पहले फ़ोन पे बात भी हुई थी पड़ोसी की और उस लड़के की। लोकल बस का नम्बर भी बताया था। कहाँ उतरना है ये भी बताया था किस पीसीओ से फ़ोन करना है घर पर ये भी जानकारी दी थी। पड़ोसी वहीं पहुँच जायेगा दो मिनट के अन्दर।

पड़ोसी पहुँच गया लड़का ख़ुश हो गया। पड़ोसी ने लड़के को जफ्फी मारी, उसका सूटकेस पकड़ा और चल दिया सड़क से अन्दर गलियों में।

ये बताते हुए कि दिक्कत हो गयी है।

लड़के ने पूछा, क्या?

पड़ोसी बोला, कुछ मेहमान आ गये हैं, यानी मेरी बीवी का भाई और उसका परिवार, अब मैं तुम्हें अपने घर में नहीं रख सकता।

लड़का वहीं रुक गया।

पड़ोसी बोला घर तो चलो। चाय पीकर वापस चले जाना।

लड़का सोच में पड़ गया कि अब... अब कहाँ जायेगा वो?

चाय, बिस्कुट, मेहमान, भाभी—अलविदा।

सीढ़ियाँ उतरता हुआ लड़का और पीछे-पीछे पड़ोसी।

पक्की सड़क तक आया फिर गले मिला। पूछा अब कहाँ जायेगा?

लड़के ने कहा उसी नम्बर की बस से वापस बस अड्डे।

पड़ोसी थोड़ा घबराया और पूछा मतलब?

लड़का बोला बस अड्डे के सामने तिब्बतियों का टूरिस्ट लॉज है, डेढ़ सौ में कमरा मिल जाता है, वहीं रहूँगा। मेरे पास नौ हज़ार हैं। पहले भी रहा हूँ एक-आध बार वहाँ। जब बॉम्बे चलना होगा बता देना।

एक दिन, दो दिन, तीन दिन, चार-पाँच-छह दिन पड़ोसी ने कोई अता पता नहीं दिया।

इसी तिब्बती टूरिस्ट लॉज में खायी थी लड़के ने वो कच्चे चावल की खीर जो उसकी पसन्द की लड़की स्टील के डिब्बे में डाल कर और प्रिण्टेड रूमाल में लपेट कर

चण्डीगढ़ के बस अड्डे पर पकड़ा गयी थी उसको। और साथ में ग्यारह पन्नों का एक ख़त भी था, जिसके साढ़े नौ पन्नों पर कुछ नहीं लिखा था। इसके अलावा कि यहाँ जो मन आये लिख लेना।

इन छह दिनों में लड़के के दो हज़ार और ख़र्च हो गये। लड़के ने पड़ोसी को मन ही मन कोसा जिसने लगभग धोखा-सा दे दिया था लड़के को, फिर अपने एक और पुराने दोस्त को फ़ोन घुमाया और दिल्ली से तत्काल का टिकट करवा कर बॉम्बे आ गया।

बॉम्बे आकर उसे पता चला कि फ़िल्मों की कहानी में गाने होते हैं ये सब जानते हैं। हर गाने के पीछे एक कहानी होती है ये सब नहीं जानते। बस, सड़कों की धूल फाँकता-फाँकता लड़का गाने लिखने लगा और कहानियाँ बनने लगीं।

गीतकार लड़का

इस लड़के का पीछा यहाँ किया जा सकता है :

YouTube: Irshad Kamil

FB: Irshad Kamil

Insta: kamil_ irshad_official

Twitter: @Irshad_Kamil

एक और टुकड़ा

लम्हा-लम्हा जोड़कर ज़िन्दगी बनती है। लेकिन कुछ तेज़-तर्रार खट्टे-मीठे लम्हे यादें बन जाते हैं, और मुझे ऐसे ही दो लम्हे इस वक़्त याद आ रहे हैं! पहला मलेरकोटला जैसे छोटे शहर की वो रात जब कॉलेज के आखिरी साल में घर वालों की तरफ़ से घर देर से आने की अनकही सी इजाज़त मिलने लगी थी और तब इरशाद ने मुझे अपना एक बे-बहर और बेघड़-सा शे'र सुनाया था।

ना आवाज़ ही लाजवाब थी
ना शक्ल ही बेमिसाल थी!
फिर भी वो ज़ालिम मेरी
सारी ही नींदें उड़ा गया!!

और दूसरा मुम्बई जैसे बड़े शहर की एक रात जब घर देर से आने पर कोई कुछ नहीं पूछता मगर फिर भी इनसान ख़ुद ही समय रहते घर पहुँच जाना चाहता है तब उसने मुझे अपना एक और शे'र सुनाया था!

बातें लिए मैं रूह की, चौखट पे खड़ा हूँ!
तू जिस्म के मकान से बाहर नहीं आता!!

ये दो शे'र इरशाद की एक ही सोच का बयान हैं। दोनों में प्यार को रूहानी कहा है उसने। लेकिन दोनों शे'रों में पचीस-एक सालों से भी ज़्यादा का फ़ासला है।

पहला शे'र उसने तब कहा था जब वो अभी कॉलेज में पढ़ता था और दूसरा तब जब वो हिन्दी फ़िल्म इण्डस्ट्री में स्थापित गीतकार बन चुका था। मैं इन दोनों शे'रों का ज़िक्र इसलिए कर रहा हूँ कि प्यार को लेकर उसकी सोच, उसकी समझ तब भी वही थी जो आज है। मेरे कहने का मतलब इतना ही है कि इरशाद इतनी छोटी उम्र में ही इतनी बड़ी सोच का मालिक था।

ये किताब क्या है? यह एक प्रयास है आपको इरशाद से, उसके गीतों से, और उसके गीतों की शायरी से ज़रा सा परिचित करवाने का। इरशाद को परिवार से मिली उर्दू, स्कूल से उसने पाई हिन्दी और समाज से सीखी पंजाबी। इसीलिए उसकी भाषा पे पकड़ और समझ इतनी पुख़्ता, पक्की और ठेठ है। इसका अन्दाज़ा आप उसकी ग़ज़लों से, उसकी कविताओं और ख़ासकर फ़िल्म के गीतों से लगा सकते हैं। मसलन उसकी ग़ज़ल का ये शे'र देखिये!

"हम सादा तबीयत लोगों का क्या सजना सँवरना साहिब जी,
इन राख सरीखे शोलों का क्या जलना बुझना साहिब जी!!"

और उसकी एक कविता 'बेरियाँ' की कुछ सतरें

"बहनें बेरियाँ आँगन की
आसपास बहुत ध्यान रखना पड़ता है
बेरियों के चारों ओर चाहिए बाड़
बेरियाँ जब हो जाती हैं दीवारों से ऊँची
तो झुक जाती हैं किसी दूसरे आँगन में
बेर भी हो जाते हैं उसी आँगन के
तना भी हो जाता है तब
जड़ें रह जाती हैं केवल इस आँगन की"

और 'जब वी मेट' का गाना 'मौजां ही मौजां' उसके अन्तरे की इन पंक्तियों पर भी मैं आपका ध्यान चाहूँगा।

"हो, माही मेरा शरबत वरगा,
हो, माही मैं तैनू गट गट पी लाँ"!

ये गाना हिन्दी फ़िल्मों में पहला पूरा, शुद्ध पंजाबी लिप्सिंक (Lipsync) गाना था। और शुरुआत थी असली पंजाबियत की जो 2007 से शुरू हुई और आज तक चल रही है! हालाँकि 'चमेली' के गाने 'सजना वे सजना' और 'सोचा ना था' के 'ओ यारा रब्ब रुस्स जाने दे' गाने के ज़रिये इरशाद एक तरह से ये ऐलान कर चुका था कि वो हिन्दी फ़िल्म इण्डस्ट्री को आनन्द बख्शी, साहिर या गुलज़ार से भी ज़्यादा गाढ़ा पंजाबियत का रंग देने वाला है।

एक और अहम बात इरशाद ने कभी अपने गीतों में

अजनबी लफ़्ज़ इस्तेमाल नहीं किये। बेगाने से शब्द किसी भी गीत को पढ़ने सुनने वाले से दूर कर देते हैं। इसलिए उसने हमेशा सीधे-सादे लफ़्ज़ों में अपनी बात कही है। और वो एहसास सुनने वालों के दिलों तक पहुँचा है।

सपने तो सभी देखते हैं मगर सपने सोचता कोई-कोई है। इरशाद उन्हीं लोगों में से है। उसने जो सपना सोचा था। उसे वो हासिल करके रहा। लेकिन उसके लिए उसने कभी आसान रास्ता नहीं चुना। आसान तरीका नहीं अपनाया। कभी अपने मयार को गिरने नहीं दिया!

एक बात और इरशाद के किरदार के बारे में कहना चाहता हूँ। वो आज भी एक विद्यार्थी की तरह है जो हर वक़्त सीखने की चाह रखता है। इसीलिए वो बार बार मौलाना रूमी, साहिर, रूसी कवि रसूल हमज़ातोव और बाकी अपने पसन्दीदा शायरों को पढ़ता रहता है।

तारीख़ 15 दिसम्बर, 2013 मुम्बई के अख़बार मिड-डे में एक आर्टिकल छपा कि सेंसर बोर्ड आज के फ़िल्मी गीतों को लेकर इतना खुले दिल वाला कैसे है? आज कल के गानों में अश्लीलता बहुत बढ़ गयी है लेकिन सेंसर बोर्ड इनपे रोक नहीं लगा रहा। लेकिन फ़िल्मों में हिंसा और यौन सम्बन्धों को लेकर काफ़ी सतर्क है। मगर आज के फ़िल्मी गीतों में जो हिंसा हो रही है उसे रोक नहीं पा रहा। उस आर्टिकल में आज के कुछ गीतकारों ने अपना बचाव करते हुए इसका ज़िम्मा निर्माताओं पर डाल दिया। लेकिन इरशाद ने इस तरह के गाने लिखने की होड़ में

शामिल होने से साफ़ इनकार कर दिया। उसने लेखक की बुनियादी ज़िम्मेदारी का हवाला दिया और उसकी इस मुद्दे पर सोच इन शब्दों में साफ़ झलकती है।

कलम ने छोड़ी शर्म अलफ़ाज़ नंगे हो गये
गीत की इज़्ज़त लुटी फिर सिक्कों की झंकार में

आ मेरे साथी, मेरे नगमें मैं तुझको प्यार दूँ
तहज़ीब का एहसास दूँ इक नया किरदार दूँ
मैं अभी अनमोल हूँ इस अदब के बाज़ार में

जो तुझे बाज़ारू औरत सा बना कर बेचते
ऐसे हैं वो जलती अर्थी पे जो रोटी सेंकते
वो मोहब्बत में ना तेरी, ना मेरी धिक्कार में

गीत की इज़्ज़त लुटी फिर सिक्कों की झंकार में

इन पंक्तियों से इरशाद ने अपना पक्ष साफ़ कर दिया वो अपनी ज़िम्मेदारी से कभी गुरेज़ नहीं करेगा। इसलिए उसने बहुत-सी फ़िल्में छोड़ दीं जिनमें उसे अश्लील गीत लिखने के लिए कहा गया था। ये वो इसलिए कर पाया क्योंकि उसमें गलत को गलत कहने का हौसला है और वो उस ज़मीन से आया है जो कहती है—'सवा लाख से एक लड़ाऊँ''!

इस संकलन में हमने इरशाद के फ़िल्मी सफ़र के शुरुआती दिनों से लेकर उसे पहला फ़िल्मफेयर अवार्ड मिलने तक के गीतों को तरतीब से पिरोया है!

ये माला की पहली कड़ी है! उम्मीद है आपको ये पसन्द आयेगी! अब मैं अपनी बात ख़त्म करता हूँ और इरशाद अपनी बात शुरू करेगा।

परमिन्दर कुमार
parminder_v67@yahoo.com

'चमेली' और मैं

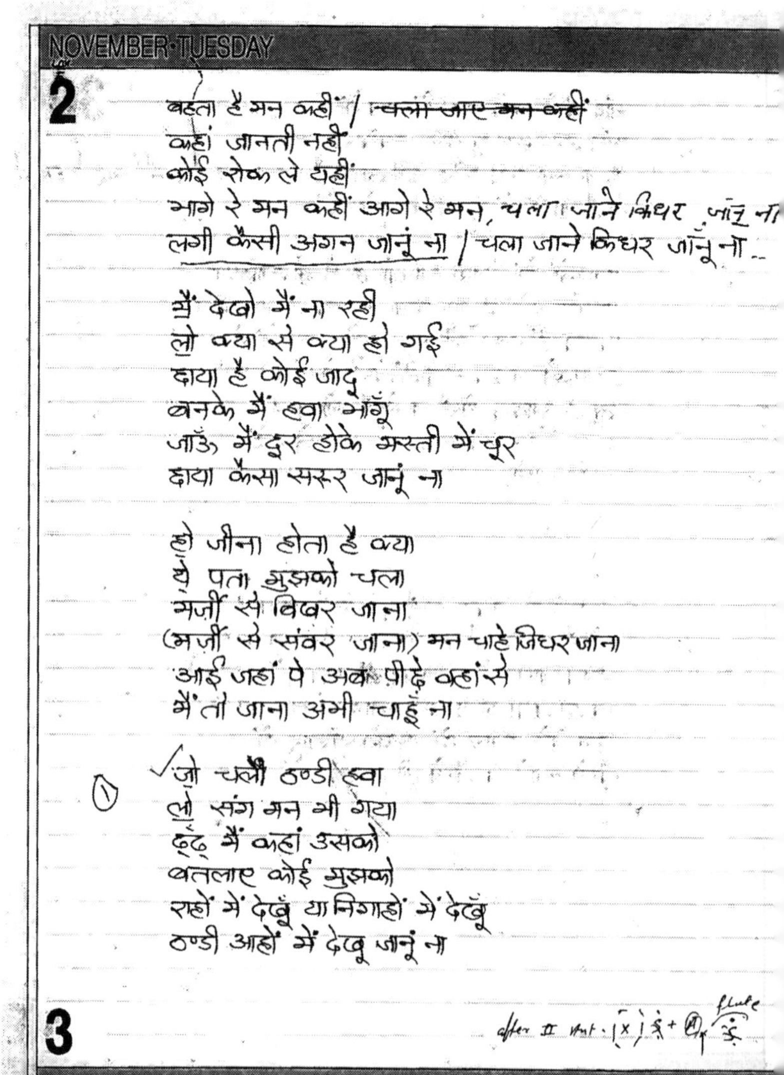
NOVEMBER·TUESDAY

2

बहता है मन कहीं / ~~चलो जाए मन कहीं~~
कहां जानती नहीं
कोई रोक ले यहीं
भागे रे मन कहीं आगे रे मन, चला जाने किधर जानूं ना
लगी कैसी अगन जानूं ना / चला जाने किधर जानूं ना..

मैं देखो मैं ना रही
लो क्या से क्या हो गई
छाया है कोई जादू
बनके मैं हवा भागूं
जाऊं मैं दूर होके मस्ती में चूर
छाया कैसा सरूर जानूं ना

हो जीना होता है क्या
ये पता मुझको चला
मर्ज़ी से बिखर जाना
(मर्ज़ी से संवर जाना) मन चाहे जिधर जाना
आई जहां पे अब पीछे वहां से
मैं तो जाना अभी चाहूं ना

(1) ✓ जो चली ठण्डी हवा
लो संग मन भी गया
ढूंढू मैं कहां उसको
बतलाए कोई मुझको
राहों में देखूं या निगाहों में देखूं
ठण्डी आहों में देखूं जानूं ना

3

after II Ant. flute

NOVEMBER·WEDNESDAY

तस्वीर में दिखाई गयी डायरी के पहले पन्ने पर 3 तारीख़ के सामने सन्देश ने कुछ म्यूज़िकल नोट्स भी लिखे हुए हैं।

4

लो जागी चाहत कोई
ये क्या है उलझन नई
सोचूं तो लजा जाऊं
आंखें ना छुपा पाऊं
बातें बताएं आंखें मन की सुनाएं
होठों से जो कभी बोलूं ना

ये क्या होने लगा
के क्यों ये मन भी दगा
हाथों से मेरे छूटा
जानूं ना ये क्यों रूठा
बैरी ना बन किये लाखों जतन
पर बोले ये मन मानूं ना.

(2) ये जो आया जैसा समां
हो फिर होगा कहां
जी लूं मैं इसे खुलके
सावन में ज़रा घुलके
ताज़ा तराना बनूं नया फ़साना
जीने का ये बहाना छोड़ूं ना

हो बरसों की सखी
ये रैना कहने लगी
आजा हद से गुज़र जाएं
मर्ज़ी से बिखर जाएं
रैना सौदाई, मेरी थामे कलाई
कहां पे ये ले आई जानूं ना

5

लिफ्ट में नौजवान लड़की थी, मैं था और हमारे बीच था एक कुत्ता। लड़की ने मुझे देखा और कुत्ते पे आँखें टिका लीं, कुत्ते ने लड़की को देखा और मुझ पर आँखें टिका लीं। मेरी आँखें न कुत्ते पर टिकी थीं न लड़की पर, मेरी आँखें थीं बीस माले से नीचे जाती लिफ्ट के नम्बरों पर जो 19, 18, 17, 16... यानी मेरे आत्मविश्वास की तरह कम हो रहे थे। अभी थोड़ी देर पहले सन्देश ने मुझे लगभग डाँट दिया था क्योंकि उसकी मधुर धुन पर मैंने अभी तक एक भी शब्द नहीं लिखा था। या शायद जो लिखा था वो उसको बिल्कुल पसन्द नहीं आया था। उस समय मैं उसे बता भी नहीं पाया कि सीरियल लिखने की मजबूरी ने मुझे धुन पे सोचने का मौक़ा नहीं दिया।

सन्देश बहुत व्यस्त था उन दिनों और मैं दूसरी जमात में दाखिला लेने की कोशिश कर रहा था। पहली जमात 'सोचा न था' के रूप में इम्तिआज़ के साथ पास हो गयी थी यानी सन्देश की लगभग सभी धुनों पर गीत लिख चुका था। 'सोचा न था' के ही गाने सन्देश के स्टूडियो में सुनकर निर्माता ने मुझे मौक़ा देने की सोची थी, यक़ीनन सन्देश की सिफ़ारिश भी थी।

मैं अपने आप से नाराज़ सा बैड पर उकड़ूँ (पैरों के बल टेक लगा कर) बैठा था और बल्ब की पीली रौशनी इकसार कमरे में फैली हुई थी। सन्देश की कही बात अभी भी मेरे दिमाग़ में घूम रही थी, 'इरशाद भाई कुछ करो, लिखो, वरना वो किसी बहुत बड़े शायर को लेने वाले हैं, ज़्यादा समय नहीं है आपके पास, और थोड़ा इरशाद कामिल टाइप होना चाहिए।' मैंने डेक्टा फ़ोन से धुन एक बार फिर सुनी और लिखा, 'उड़ता है मन कहीं/कहाँ जानती नहीं/भागे रे मन, कहीं आगे रे मन, कैसी लागी अगन जानूँ ना।' और उसी रात इस गीत के दस अन्तरे भी लिख दिये। अगले दिन मैं सन्देश के पास सब लिखा लेकर गया, वो बोला, 'उड़ता' स्टार्ट अच्छा नहीं है थोड़ा सॉफ्ट वर्ड होना चाहिए कहता, रहता... मैंने कहा, 'बहता'? उसने कहा, हाँ बहता चलेगा पर ये लास्ट में 'कैसी लागी अगन' का भी कुछ करो। मैंने कहा, 'हीरोइन बारिश में भीग रही है तो तन बदन में।' मेरी बात सुनने से पहले ही नहीं में सर हिलाता हुआ वो गाने लगा, 'भागे रे मन, कहीं आगे रे मन, चला चला।' वो आगे सोच रहा था मैं तुरन्त बोला, 'चला जाने किधर जानूँ न।' सन्देश ख़ुश होता हुआ बोला, 'ये हुआ न मुखड़ा उस्ताद'।

बहता है मन कहीं

बहता है मन कहीं
कहाँ जानती नहीं
कोई रोक ले यहीं
भागे रे मन कहीं
आगे रे मन चला
जाने किधर जानूँ ना...

हो चले ठण्डी हवा
हो संग मन भी गया
ढूँढू मैं कहाँ उसको
बतलाये कोई मुझको...के हाँ हाँ हाँ रे
भागे रे मन कहीं
आगे रे मन कहीं चला
जाने किधर जानूँ ना
बहता है मन कहीं
कहाँ जानती नहीं
कोई रोक ले यहीं
हाँ हाय ऐसा समाँ
हँ फिर होगा कहाँ
जी लूँ मैं इसे खुल के
सावन में ज़रा घुल के...अरे सुन सुन सुन

भागे रे मन कहीं, आगे रे मन चला
जाने किधर जानूँ ना...

'सजना वे सजना' एक मस्तीभरा ख़ुशगवार गीत है लेकिन इस गीत के साथ एक उदासी भी जुड़ी हुई है।

शाम उदास नहीं थी बल्कि शान्त और सुकून भरी थी। मैं सन्देश के नये खरीदे फ्लैट के तख़्तपोश पर बहुत आत्मविश्वास के साथ बैठा उसका इन्तज़ार कर रहा था। मेरी और उसकी दोस्ती काफ़ी गाढ़ी हो गयी थी अब तक। सन्देश के आने से पहले चाय आ गयी गरमागरम। चाय हर बार मिलती थी उसके यहाँ लेकिन इस बार मेरे आत्मविश्वास ने इसे थोड़ा और स्वादिष्ट कर दिया था। आखिरी घूँट हलक से नीचे उतरने से पहले वो आया और आते ही इन्तज़ार करवाने के लिए माफ़ी माँगने लगा। मैंने उसकी माफ़ी की ओर ध्यान दिये बिना कहा, 'सजना वे सजना' का कुछ बना है। 'सजना वे सजना' इस गाने का नाम लिखे जाने से पहले ही सन्देश ने तय कर दिया था क्योंकि धुन सुनाते हुए वो अकसर 'ल लाला लाला ल सजना वे सजना' कहता था। सन्देश के डम्मी बोल (वो बेसिर-पैर के बोल जो धुन बनाने या समझाने के लिए ज़्यादातर संगीतकार धुन में डालते हैं।) अकसर पंजाबी से प्रभावित होते हैं हालाँकि पत्नी पंजाबी होने के अलावा उसका पंजाब से सम्बन्ध कोई नहीं। शायद पंजाबी शब्दों की ध्वनियाँ अच्छी लगती हैं उसे।

सन्देश ने उत्सुकता में बैठते ही 'इरशाद' कहा और मैंने 1993 की बलबीर डिस्टिल्लरी की डायरी, जो मेरे छोटे मामा ने मुझे दी थी, खोली और पूरा गीत सुना डाला।

अन्तरे सुनकर तो वो झूम ही गया, मुखड़े का क्रॉस 'ले तेरी हो गयी यार' भी उसे बहुत पसन्द आया लेकिन पहली दो पंक्तियाँ 'बेकार'। 'तेरे प्यार में तपी तन्दूर हुई, फिर कहने को मजबूर हुई, ले तेरी हो गयी यार सजना वे सजना'। बात सही थी उसकी, गाना डांस बार में था, मस्ती भरा था लेकिन तन्दूर कैसे ले आया मैं शुरू में? मैंने कुछ और विकल्प दिये थे जैसे 'तन तार-तार मन चाक हुआ/पर प्यार में तन मन पाक हुआ/ले तेरी हो गयी' पर उसे एक भी अच्छा नहीं लगा। खैर उस दिन मैं जल्दी में था तो कुछ नया सोचता हूँ कहकर निकल गया सन्देश के भरोसे कि वो शाम को प्रोड्यूसर को कुछ भी सुना कर गाना पास करवा लेगा क्योंकि मैं जानता था धुन बहुत गाढ़ी है और सन्देश का आत्मविश्वास आसमान पर।

शाम को फ़ोन आया सन्देश का कि प्रोड्यूसर से मीटिंग नहीं हो पायी, फ़िल्म के निर्देशक अनन्त बलानी नहीं रहे। रवीना टण्डन के साथ 'पत्थर के फूल' के बाद, टीवी में संघर्ष करने के बाद अब फ़िल्म बनाने का मौक़ा मिला था लेकिन स्टूडियो से घर जाते हुए ऑटो में ही दिल का दौरा पड़ गया था उन्हें। स्क्रिप्ट ख़ुद उन्होंने लिखी थी, पूरी। कुछ दिन शूटिंग भी कर चुके थे। लेकिन बाद में फ़िल्म सुधीर मिश्रा ने सँभाल ली। फ़िल्म के शुरू में अनन्त बलानी को ऑरिजिनल कॉन्सेप्ट के अलावा कोई ज़्यादा क्रेडिट नहीं मिला।

मुम्बई में क्रेडिट्स को लेकर कैसे-कैसे घपले हो सकते हैं। कैसे आपका हक़ मारा जा सकता है। कैसे आपको इस्तेमाल करके छोड़ा जा सकता है। पहली बार 'चमेली' फ़िल्म ने ही एहसास करवाया कि गला काट प्रतियोगिता किसे कहते हैं? इस फ़िल्म में शुरू के क्रेडिट्स में मेरा भी बतौर गीतकार नाम नहीं है। इसकी वजह से निर्माता और मुझमें बहुत झगड़ा हुआ, इसी झगड़े की वजह से पहली बार मेरी मुम्बई के टाइम्स ऑफ़ इण्डिया में फोटो छपी थी।

सजना वे सजना

मन सात समन्दर डोल गया
जो तू आँखों से बोल गया
ले तेरी हो गयी यार सजना वे सजना
हो सजना मेरे यार सजना वे सजना...

जो सात समन्दर डोल गया
तेरे प्यार में ये बिनमोल गया
ले तेरी हो गयी यार सजना वे सजना
हो सजना मेरे यार सजना वे सजना...
ओह रे ओह सजना ओह...

तुझे भर लूँ अपनी आँखों में,
इन आँखों को मैं खोलूँ न
घोलूँ अपनी बातों में
फिर इस दुनिया से बोलूँ न...

मैं देखूँ मैं बात करूँ, तेरे साथ जियूँ तेरे साथ मरूँ
ले तेरी हो गयी यार सजना वे सजना,
हो सजना मेरे यार सजना...

तू और किसी का ना होना,
मैं जीते जी मर जाऊँगी
तेरी ख़ातिर दुनिया से
अब तनहा ही लड़ जाऊँगी...

मैंने तुझको कहा पिया, ये तन मन तेरे नाम किया
ले तेरी हो गयी यार सजना वे सजना
ओ सजना मेरे यार सजना वे सजना

चमेली का सबसे महत्त्वपूर्ण गीत 'भीगी हुई सी शाम' था। जिसके लिए अलग-अलग बहर (मीटर) में मैंने यूँ लिखा–

भीगी हुई सी शाम वो
महका हुआ सा नाम वो
बिन बात ही नीलाम वो
मशहूर-सी बदनाम वो
याद आये तो क्या कीजिए
चुपचाप सोचा कीजिए

वो रोशनी वो आग थी
या फिर कोई चराग़ थी
जिसे धीरे-धीरे जलना है
जिसे इस तरह ही चलना है
किसी मोड़ पर वो आज भी
कन्दील-सी जल जायेगी
इस शहर में वो धूप सी
बेवक़्त ही ढल जायेगी

हो जायेगी तमाम वो
बिक जायेगी बेदाम वो...
दो अजनबी इक रात में
जाने क्यों बात बात में

खुलते रहे खिलते रहे
ग़म दोनों के मिलते रहे

अब उसको मेरी क्या ख़बर
मुझे उसका कोई पता नहीं
उसे मिलके जो भी हो गया
पहले कभी हुआ नहीं...

x x x

कभी कभी वो लोग भी याद आ जाते हैं

हम जिनसे प्यार नहीं करते
जिनपे ऐतबार नहीं करते
जिनसे बस बात का रिश्ता हो
इक मुलाक़ात का रिश्ता हो
वो जिनसे पहले मिले नहीं
न फिर मिलने का वादा है
जिनके जीवन में कुछ कम है
और कहीं कहीं कुछ ज़्यादा है
ठहरे पानी की झील से जो
बेवक़्त जली कन्दील से जो

कभी कभी वो लोग भी याद आ जाते हैं

x x x

मैं जितना सोचता हूँ
और दिल उलझता है
हरेक कल क्यों भला
आज में बदलता है...

कई हसीन कल यूँ ही
गुज़र गये अपने
कई जवान साथ ऐसे
ही हो गये सपने
वो जिनके वास्ते दिल
आज भी मचलता है

हरेक कल क्यों भला
आज में बदलता है...

यानी 'भीगी हुई सी शाम' गीत पहले मैंने एक अजीबोग़रीब टूटी हुई नज़्म की तरह लिखा था लेकिन सन्देश के पास कोई धुन थी जो 'थीम सांग' के मूड के हिसाब से काफ़ी फिट बैठती थी। अब सवाल ये था कि मेरी लिखी नज़्म और सन्देश की बनाई धुन में कैसे तालमेल बिठाया जाये, किस बिन्दु पर समझौता किया जाये। जब नज़्म और धुन में खींचातानी हुई नज़्म को ही समझौता करना पड़ा। धुन और शब्द में जब भी खींचातानी होती है

तो अकसर शब्द को ही समझौता करना पड़ता है। समझौता करके जो गीत सामने आया वो आप सबने सुना और सराहा भी शायद। लेकिन मुझे ज़ाती तौर पे ऐसा लगा कि फ़िल्म में इस गीत को न महत्त्व दिया गया और न ही लोगों तक पहुँचाने की कोशिश की गयी। ख़ैर, हर गीत का अपना भाग्य होता है। अफ़सोस रत्ती भर नहीं किसी चीज़ का, हाँ ये फ़ख़्र अब भी है कि ये गीत मैंने लिखा है।

भीगी हुई कोई शाम वो

भीगी हुई कोई शाम वो,
महका हुआ कोई नाम वो
बिन बात ही होती है नीलाम वो
मशहूर है फिर भी बदनाम वो
जाने, हुआ है आज क्या हमें
न हम जाने
क्यों हमको याद आये वो...
अब इस तरह उसको सोचता हूँ
गुज़रे हुए वो पल रोकता हूँ
वो पल कहीं खो गये हैं जो अपने
और साथ भी हो गये हैं जो सपने
जाने, हुआ है आज क्या हमें
न हम जाने
क्यों हमको याद आये वो...

वो रोशनी वो आग है,
या फिर कोई चराग है
जिसे धीरे धीरे है जलना,
जिसे इस तरह ही है चलना
किसी मोड़ पे वो आज भी
कन्दील सी जलेगी
शहर की धूप-सी बेवक़्त ही ढलेगी
क्यों हमको याद आये वो

भीगी हुई कोई शाम वो,
महका हुआ कोई नाम वो
बिन बात ही होती है नीलाम वो
मशहूर है फिर भी बदनाम वो
जाने हुआ है आज क्या हमें न हम
जाने क्यों हमको याद आये वो...

सचमुच 'सोचा ना था'

'सोचा न था' फ़िल्म का पहला पोस्टर जो एक फ़िल्मी बिजनेस के मैगज़ीन में छपा था।

a Na Tha
starring ABHAY DEOL, AYESHA TAKIA, DIPANITA SHARMA,
KABIR BEDI, RATI AGNIHOTRI, AYESHA JHULKA
directed by IMTIAZ ALI music SANDESH SHANDILYA
lyrics SUBRAT SINHA, IRSHAD KAMIL executive producer DEEPAK SHARMA
choreography ASHLEY LOBO art director SUNNY PHADKE
cinematography RAVI YADAV online producer SHAHNAAB ALAM

~~कभी दिल के करीब, तुम्हें मेरे नसीब~~

[तेरे मेरे नसीब, हम तुमको करीब]

आएंगे ले यूँ लाएँगे, ये मैंने सोचा न था

(मेरे) इस दिल का करार, ऐ सनम तेरा प्यार (है

यूँ पाएंगे, ये मैंने सोचा न था

माना तुम मेरे तो साथ थे

दिल थे लेकिन अपने जुदा

छोड़ के अपने दिल की गली

और कहीं पर ढूंढा खुदा

25 SUNDAY / बस ये थी खता और इसकी सज़ा –

यूँ पाएंगे, ये मैंने सोचा न था

खो के तुम्हें पाया है देर से

फिर / अब फिर खोने की चाहत नहीं

रो कर हँसना तो ठीक है

हँस कर रोने की चाहत नहीं

चाहतों के खुदा, रास्तों से जुदा –

हो जाएंगे, ये मैंने सोचा न था

क्यों सोचा नहीं, क्यों जाना नहीं

वो तुम ही थे जो मेरे अपने से थे

आज सोचा भी है और जाना भी है

वो तुम ही थे, जो मेरे सपने से थे

जाने क्यों ~~[illegible]~~ दिल ये अपना कभी

[illegible]

मुम्बई की बारिश, ज़िद्दी लड़की, अकसर रुकती नहीं आसानी से। और ऊपर से फ़ोन था जिसको आज ही ख़राब होना था। अन्दर कुछ करने की कसक का उफान था और बाहर बारिश और हवा का तूफ़ान। आख़िर उफान जीत गया, मैंने सबसे घटिया और गन्दी पैण्ट पहनी एक पुरानी टी-शर्ट के साथ और घर से अनमोल ड्रायक्लीनर की दुकान की तरफ़ चल पड़ा। ओशिवारा में रहते हुए यहीं से अकसर एसटीडी और लोकल फ़ोन किया करता था मैं घर का फ़ोन कटने या ख़राब होने पर। मेरे बहुत ही प्यारे दोस्त तेजवन्त किट्टू ने इससे मेरा उधार चलवा दिया था। मुम्बई के संघर्ष की शुरुआत मैंने किट्टू के साथ रहकर ही की थी। फिर कुछ ही महीनों में वो पंजाब लौट गया। जहाँ उसके संगीत की बहुत साख थी। ख़ैर दुकान पर पहुँचा, मैंने फ़ोन घुमाया, 'हैलो, सर मैं इरशाद कामिल बोल रहा हूँ, मुझे सन्देश जी ने नम्बर दिया, मैं गीतकार हूँ, आपसे मिलना चाहता हूँ।' दूसरी तरफ़ से आवाज़ आयी, 'मेरे घर के बाहर बहुत पानी खड़ा है यार आज मिलना मुश्किल है। कल फ़ोन करो।' ऐसा ही है इम्तिआज़ शुरू से, बहुत मुँहफट, बेशरम और बेलिहाज, अपने ख़ास दोस्तों

के साथ या यूँ कहें कि ये ख़ास दोस्ती का पहला संकेत था। लेकिन दूसरे ही पल अपने इन सब गुणों के कारण आत्मग्लानि यानी गिल्ट का शिकार भी हो जाता है। इस बात का एहसास तब हुआ जब मैं दूसरे दिन उसके घर पे जाकर मिला उससे। वो मिलते ही पहले बरसात में घर के बाहर पानी खड़ा होने का कारण बयान करने लगा। फिर पोयट्री की बात शुरू हो गयी। साहिर, कैफ़ी, फ़ैज़ सब पे चर्चा हो गयी उसी दिन। शायरी पे उसकी भी पकड़ मज़बूत थी और ढीला मैं भी नहीं था। उसी चर्चा के दौरान समझ में आ गया था कि ख़ूब जमेगी जब मिल बैठेंगे दीवाने दो।

इम्तिआज़ ने उसी दिन मुझे बता दिया कि फ़िल्म में 6 गीत हैं लेकिन 3 कोई और यानी उसका हिन्दू कॉलेज का दोस्त सुब्रत सिन्हा लिख रहा है और तुम बाकी के 3 गीतों पर किस्मत आज़मा सकते हो। मेरे पास न मानने की कोई वजह नहीं थी। मूवी टॉवर के एक फ्लैट का नम्बर देकर और कल मिलने का कह कर उसने मुझे विदा कर दिया।

मूवी टॉवर के उसी फ्लैट से इम्तिआज़ की भी असल ज़िन्दगी शुरू हुई, मेरी भी, अभय देओल और आयशा टाकिया की भी और सुब्रत की भी जो मुम्बई के गीतकारों में मेरा पहला दोस्त बना। हममें सबसे पुराना और तजुर्बेकार सन्देश ही था। तय समय पर मैं पैदल मूवी टॉवर पहुँचता

था, मूवी टॉवर मेरे घर से सिर्फ़ एक-डेढ़ किलोमीटर दूर था, इम्तिआज़ ऑटो में और सन्देश अपनी सफ़ेद रंग की मारुति एस्टीम में। जब मैंने वो कार सन्देश से ख़रीदी तो मुझे पता चला कि उसने भी सेकण्ड हैण्ड ख़रीदी थी। ख़ैर, मेरी ज़िन्दगी के पहले फ़िल्मी गाने की शुरुआत होने वाली थी आज कल में। एक-दो दिन फ़िल्म की कहानी पे बात करते हुए निकल गये और फिर सन्देश ने एक दिन एक धुन सुनाई। और यहाँ से शुरू हुआ मेरा गीतकारी का सफ़र। मुम्बई में आकर मेरा, इम्तिआज़ की फ़िल्म का पहला गीत, 'सोचा न था' का वो गीत जिससे फ़िल्म को नाम मिला।

तेरे मेरे नसीब
हम तुमको क़रीब
यूँ लायेंगे, ये मैंने सोचा न था
इस दिल का करार
ए सनम तेरा प्यार
यूँ पायेंगे, ये मैंने सोचा न था

इम्तिआज़ बोला, 'इरशाद भाई, प्यार-इकरार आजकल चल रहा है तो ज़रूरी नहीं आपने भी वही लिखना है। वो लिखो जो असल में तुम लिखना चाहते हो, न कि वो जो चल रहा है।' मैंने थोड़ा झिझकते हुए कहा वैसे मैंने 'एक चाहत का पल/सब सवालों का हल...थोड़ी बेचैनियाँ/

थोड़ी नज़दीकियाँ...हम अपना जहाँ/तुमको मेहरबां /यूँ पायेंगे... सन्देश बीच में ही बोल पड़ा 'सोचा न था' आगे का 'ये मैंने' असल में चाहिए ही नहीं धुन के मुताबिक। 'एक चाहत का पल/सब सवालों का हल/ यूँ पायेंगे... बन गयी बात!' मुझे काफ़ी हौसला हो गया ये सोच कर कि मुझे इस फ़िल्म से निकाला नहीं जायेगा, री-वर्क करने का मौक़ा दिया जायेगा। फिर क्या था, मैं खुलके खेला और 9 अन्तरे लिखे जिनकी काँट-छाँट इम्तिआज़ और सन्देश ने मिलकर कर दी... तो ऐसे भाई साहिब अपनी निकल पड़ी।

सोचा न था

कभी दिल के क़रीब
तुम्हें मेरे नसीब
यूँ लायेंगे, सोचा न था
इक चाहत का पल
सब सवालों का हल
यूँ पायेंगे, सोचा ना था

आँखें जो अब मेरी आँखों में हैं
ढूँढ़ रहा था कई सालों से
कितनी मिलती हैं आँखें ये
ख़्वाबों से मेरे ख़यालों से

कि हक़ीक़त में हम
सपनों का सनम
यूँ पायेंगे, सोचा न था

कभी तन्हा बैठे बैठे यूँ ही
मैं भी तो गुम हो जाती थी
मैं भी कहाँ मैं रहती थी
अकसर मैं तुम हो जाती थी
इतनी सी खता
और इसकी सज़ा
यूँ पायेंगे, सोचा न था

x x x

इम्तिआज़ के घर ड्राइंग रूम के एक कोने में इम्तिआज़ ज़मीन पर बैठा था, दूसरे में सन्देश और तीसरे में मैं। बहस इम्तिआज़ और सन्देश में चल रही थी कि 'यारा रब रुस्स जाने दे' रखना है या 'यारा रब रूठ जाने दे', मैं इस बहस का मूक दर्शक था क्योंकि गाना लिख चुका था अब फ़ैसला उन दोनों के हाथ था। इम्तिआज़ का तर्क था कि उसका किरदार अचानक पंजाबी का शब्द 'रुस्स' क्यों बोलेगा गाने में जबकि उसने पूरी फ़िल्म में कहीं पंजाबी इस्तेमाल नहीं की। सन्देश का कहना था कि 'रुस्स' शब्द से साउण्ड बहुत अच्छा आ रहा है। लम्बे तर्क-वितर्क के बाद आख़िर सन्देश की जीत हो गयी।

इम्तिआज़ ने पहले ये गाना फ़िल्म से निकाल दिया था फिर जब सबने कहा कि अच्छा गाना क्यों निकाल रहे हो तो उसने सबका दिल रखने के लिए किसी तरह फ़िल्म के आख़िर में ये गाना रख लिया। जब ट्रायल हुआ फ़िल्म का तो सब देखने आये जो किसी न किसी तरह इस फ़िल्म से जुड़े थे। वो महिला गायक भी आयीं जिन्होंने इस गीत को सोनू निगम के साथ गाया था। उन्हें अपना गाना फ़िल्म के अन्त में देखकर बहुत दुःख हुआ। ट्रायल ख़त्म होने के बाद उन्होंने इम्तिआज़ से कहा, 'इम्तिआज़ जी फ़िल्म तो बहुत अच्छी बनायी है आपने पर क्या मेरा गाना किसी तरह फ़िल्म के बीच में नहीं आ सकता थोड़ा बहुत?' ये बात याद करके हम तीनों आज भी बहुत हँसते हैं।

ओ यारा रब्ब रुस्स जाने दे

ओ यारा रब्ब रुस्स जाने दे
दीवाना जग छुट्ट जाने दे
मैं तेरा दिल बन के रहूँ
बेगाने दिल टुट्ट जाने दे
अब साथिया नयी मंज़िलें
नया रास्ता है तुम्हारा हमारा

ओ यारा रब्ब रुस्स जाने दे
हाय, दीवाना जग छुट जाने दे...

ज़माने को छोड़ दें
रिवाजों को तोड़ दें
टूटें न सपने कभी
हैं नाज़ुक ये सपने सभी

बहती हवाओं को भी
आ मिल के मोड़ दें

ऐसा इरादा करें
आ दोनों वादा करें

अब साथिया इरादा यही
है वादा यही तुम्हारा हमारा
ओ यारा रब्ब रुस्स जाने दे...

तुमको ही देखा करें
तुमको ही सोचा करें
रूठें तुम्हीं से सनम
तुमसे ही बोला करें
जितना करूँ प्यार मैं
उतना कोई न करे

ऐसा कोई हो जहाँ
हों अपने ज़मीं आसमाँ
अब साथिया ऐसा जहाँ
बनेगा यहाँ तुम्हारा हमारा

ओ यारा रब्ब रुस्स जाने दे...

x x x

हर शायर वाह-वाही का भूखा होता है, सो मैं भी था। और उस दिन ग़लती से सबसे ज़्यादा दाद लिखी भी मेरे ही हिस्से में थी। चण्डीगढ़ के 15 सेक्टर का लाजपत राय भवन था और हरियाणा उर्दू अकादमी ने मुशायरा मुनक्किद करवाया था। ये मेरे मुम्बई आने के कुछ ही समय पहले की बात है। जो मैं बतौर शायर ग़ज़ल पढ़ रहा था वो असल में उन दिनों की मेरे अन्दर की बेतरतीब सी खीझ, उठा-पटक और खुद-एत्मादी यानी आत्मविश्वास को बयाँ कर रही थी। असल में वो ग़ज़ल थी भी नहीं कुछ नज़्म-नुमा था पर जो भी था लिखा कुछ यूँ था...

कुछ न हुए तो न सही
कुछ न बने तो न सही
कुछ न मिले तो न सही
कुछ न रहे तो न सही

मेरी सोच ने तेरे हुस्न के
सोलह सिंगार कर दिये

अब मुझसे रूठ के सनम
तू न सजे तो न सही

ले फूल तुझको कह दिया
चल चाँद कह देते हैं
अब भी तेरी रूठी नज़र
ग़र न हँसे तो न सही

मैं वो हूँ जिसके ख़ून में
ख़ुद्दारी और ज़िद्द भी बहे
मेरे साथ चल मेरी शर्त पर
चल न सके तो न सही

इस बे-उम्मीदे दौर की
मैं आख़िरी उम्मीद हूँ
ये सतर इक सच्चाई है
कोई न पढ़े तो न सही

इक पेड़ हमने प्यार का
'कामिल' लगाना है ज़रूर
फल आ गये तो ठीक है
वो न फले तो न सही

यानी वज़न-बहर उन दिनों भी माशाअल्लाह थी आज भी सुभानअल्लाह ही है। लेकिन उन दिनों ऐसी

ग़ज़लों/नज़्मों को पढ़ने की हिम्मत बहुत थी। हुआ यूँ कि गानों-वानों का सब काम ख़त्म होने के बाद एक दिन इम्तिआज़ ने फिर बुला लिया सन्देश के स्टूडियो। बोला एक सिचुएशन और निकल आयी है पिक्चर में, सिचुएशन सुनने के बाद ये तय हुआ कि इसपे सब अपने-अपने हिसाब से सोचना शुरू करेंगे। इधर-उधर की गपशप होने लगी तो सन्देश ने कहा इरशाद भाई कुछ सुनाओ। मैंने काफ़ी कुछ सुनाया फिर सन्देश ने कहा, 'इरशाद भाई वो सुनाओ जो मुझे बहुत पसन्द है।' सन्देश मेरी एक ग़ज़ल से बहुत प्रभावित था और अकसर फ़ोन करके वो ग़ज़ल सुना करता था, उन दिनों मैं उस लिखत को ग़ज़ल ही कहता था। मैंने एक-आध ग़ज़ल के बाद 'कुछ न हुए तो न सही' भी सुना दी। इम्तिआज़ बोला यही तो मेरी सिचुएशन है। हम तीनों अचानक मुस्तैद से हो गये। सन्देश बोला तो इसी पे शुरू करते हैं काम। इम्तिआज़ बोला पर मेरे काम की पंक्तियाँ सिर्फ़ शुरू की दो और आख़िर की दो हैं। मैंने कहा बाकी मैं लिखता हूँ दोबारा। इम्तिआज़ कहता अगर आख़िर से शुरू करो तो मज़ा आये लेकिन ये जो तुम्हारा नाम 'कामिल' आ रहा है वो नहीं चाहिए 'लगाना है ज़रूर' भी नहीं चाहिए, 'लगाया था कभी' टाइप चाहिए। इतनी देर में चाय का दौर चल पड़ा। उन दिनों इम्तिआज़ ने काली चाय पीनी शुरू नहीं की थी। फिर इधर-उधर की बात होने लगी और मेरा दिमाग़ मिसरे को लेकर फ़िल्म की उधेड़-बुन

में लग गया। मैंने कहा इम्तिआज़ भाई ऐसे शुरू करें तो 'इक पेड़ हमने प्यार का मिल के लगाया था कभी', इम्तिआज़ बोला हाँ ये ठीक है। जब मुझे यक़ीन हो गया कि इसे लाइन पसन्द आ गयी तो मैंने कहा कामिल तो फिर भी रह गया : 'इक पेड़ हमने प्यार 'का मिल' के लगाया था कभी।

न सही

इक पेड़ हमने प्यार का मिलके लगाया था कभी
आते जो फल तो ठीक था वो न फले तो न सही
कुछ न हुए तो न सही
न बने तो न सही
न मिले तो न सही
कुछ न रहे तो न सही

ए ज़िन्दगी हर एक रास्ते से
हमने पुकारा तुम्हें
सोचा सँवारा तुम्हें
पर तुमको अच्छा न लगा
कोई वादा सच्चा न लगा
तुम रूठी हो ये सोच कर
तुमको मनायेंगे मगर
अब हमसे रूठी तेरी ये नज़र

गर न हँसे न सही
न बने तो न सही
न मिले न सही
कुछ न रहे तो न सही

तुम रास्ता मैं अजनबी लगता क्यों ये हर घड़ी
आधे अधूरे गीत की इक तुम कड़ी इक मैं कड़ी
तुम्हें देखके लगता था ये
तुम हो बने मेरे वास्ते
मिलना ही था हमको मगर
हम न मिले तो न सही, ओ ज़िन्दगी

हर गम हर इक आँसू हमें अपना बनाना आ गया
हर हाल में हर दौर में हमें मुस्कुराना आ गया
गम है भी तो रुकना नहीं
*जीना है तो झुकना नहीं**
ये ज़िन्दगी कोई ख़ुशी
अब न भी दे तो न सही

x x x

---

*जब कि मैंने 'जीना तो है झुकना नहीं' लिखा था। सन्देश ने 'जीना है तो झुकना नहीं' गा दिया और फाइनल में भी वही चला गया। 'एक नुक़्ते के हेर-फेर ने ख़ुदा से जुदा किया।'

उन दिनों जेबें ज़्यादातर कोरे काग़ज़ की तरह ख़ाली होती थीं। हम अकसर किसी कहवा-घर के बाहर खड़े होकर सोचते रहते थे कि आज कौन अन्दर ले जायेगा। उस दिन भी जब वर्सोवा के कहवा-घर के पास मिले तो एक-दूसरे की तरफ़ देखते हुए बोले–

'क्या हाल है?'

'सब ठीक।'

'और क्या चल रहा है?'

'बस वही सब।'

फिर बात यहाँ तक पहुँच गयी, 'अन्दर बैठ कर बात करें या वर्सोवा बीच पर घूमते हुए?' सबकी मूक सहमति से फ़ैसला बीच पर घूमने का हो गया। मतलब सब जेब से कोरे काग़ज़ थे। गाने पर बहस चलती रही, फ़िल्म पर बात चलती रही, समन्दर किनारे की हवा भी चलती रही और समय भी। पता ही नहीं चला कब शाम से रात हुई और रात से आधी रात। होश तब आये जब समन्दर तट पर गश्त करते सिपाही हमसे पूछताछ करने लगे।

'यहाँ क्या कर रहे हो रात के अढ़ाई बजे?'

'कुछ नहीं बात कर रहे थे मतलब-मतलब सैर करते हुए'

'आधी रात को क्या बात और कैसी सैर होती है बेवक़ूफ़ समझा है हमें, चलो थाने।'

यानी साहिब गाना, फ़िल्म, मूड, माहौल सबकी वाट लग गयी और हम थाने पहुँच गये। एक घण्टा उन्हें ये समझाने में लग गया कि हम कलाकार टाइप के इनसान हैं, शरीफ़ और ज़िम्मेदार नागरिक हैं। लेकिन हमने वहाँ भी अपनी बहस जारी रखी, धीरे-धीरे गाने पर बात चलती रही। यहाँ तक कि हमारी शराफ़त को देखते हुए पुलिस वालों ने हमें चाय भी पिला दी। पुलिस वाले ने इम्तिआज़ से पूछा, 'क्या करते हो तुम?'

इम्तिआज़ बोला, 'फ़िल्म डायरेक्टर हूँ।'

पुलिस वाला ज़रा पास आ गया, 'अच्छा कौन-सी फ़िल्म डायरेक्ट की है?'

इम्तिआज़ बोला, 'अभी की नहीं कर रहा हूँ।'

फिर उसी पुलिस वाले ने मुझसे पूछा, 'तू क्या करता है?'

मैंने कहा, 'गाने लिखता हूँ।'

उसने उतनी ही उत्सुकता से फिर पूछा, 'कौन-सा गाना लिखा है?'

मैंने कहा, 'अभी मेरा गाना कोई आया नहीं...आयेगा।'

सन्देश ने शायद एक-दो फ़िल्म के नाम बता दिये थे। लेकिन पुलिस वाले ने उसको भी कोई भाव नहीं दिया और मायूस सा होकर वहीं लौट गया जहाँ से खिंच कर वो हमारी तरफ़ आया था। तक़रीबन एक घण्टे बाद जब पुलिस चौकी से निकल रहे थे तब एहसास हुआ कि इस

गाने का सफ़र हमें कहाँ से कहाँ ले गया।

वैसे इस गाने का सफ़र उसी सुबह शुरू हुआ था, सुबह उठने के बाद चुपचाप एक-आध घण्टा यूँ ही बैठे रहना, खाम-ख़याली करते रहना मेरी पुरानी आदत है। उस सुबह भी ऐसा ही कुछ हुआ था जब ये दिमाग़ में आया कि–

'एहसास मेरे पास हैं अल्फ़ाज़ नहीं हैं
बातें बहुत हैं करने के अन्दाज़ नहीं हैं
मैं सीधे-सादे ढंग से कहता हूँ अपनी बात।'

समस्या फिर वही हो गयी, पात्र की भाषा की, और पहली दो पंक्तियाँ छोड़नी पड़ीं।

सीधे सादे ढंग से

मैं सीधे-सादे ढंग से कहता हूँ अपनी बात
इक घर बसाना चाहता हूँ मैं तुम्हारे साथ
क्या दोगी मेरे हाथों में बोलो तुम अपना हाथ

ख़ुशियों से उस घर को सजाऊँगा हमेशा
दफ़्तर से भी मैं वक़्त पे आऊँगा हमेशा
लाऊँगा मैं थोड़े ताज़ा फूल भी
करूँगा मैं पूरी हर ख़ुशी
मानूँगा मैं मानूँगा, मानूँगा हर इक बात
क्या दोगी मेरे हाथों में बोलो तुम अपना हाथ

चन्दा और सितारे लाऊँगा तेरी ख़ातिर
तुम जो कहो वो गाऊँगा ख़ातिर
चलो ये भी वादा तुमसे है मेरा चाहूँगा मैं तुम्हें टूट के
जितना सता लो या रुलाओ तुम
जाऊँगा कहीं ना रूठके
आऊँगा मैं आऊँगा, आऊँगा तेरे पास
क्या दोगी मेरे हाथों में बोलो तुम अपना हाथ

x x x

ज़िन्दगी गाने के पीछे कोई ख़ास कहानी नहीं है पर इस गाने के मफ़ूम पर कुछ बात हो सकती है, निर्देशक ये चाहता था कि छोटे-छोटे टुकड़ों को जोड़ा जाये और ये भी ज़रूरी न हो कि शायरी की तरह उनमें कोई मेल-जोल, वज़न-बहर या रदीफ़-काफ़िया हो। यानी पूरी तरह एक दूसरी से अलग हों और कोई एक शब्द सब के अन्त में गिरह लगा कर सब टुकड़ों का मतलब बना दे। तो गिरह के तौर पर फाइनल हुआ शब्द 'ज़िन्दगी' और मैंने बहुत से टुकड़े लिखे एक मुक्त छन्द की कविता की तरह और अन्त में लिख दिया 'ज़िन्दगी', उदाहरण के तौर पर 'ज़िन्दगी : जलती सिगरेट', 'ज़िन्दगी : ट्राफिक सिग्नल', 'ज़िन्दगी : रेल-पेल में खेल खेल में धक्का मुक्की' वगैरह वगैरह। बाकी आप गाना पढ़कर समझ जायेंगे और मैंने गीत में अंग्रेज़ी शब्दों का काफ़ी प्रयोग शुरू कर दिया था।

ज़िन्दगी	वो जो अपने नहीं है बस में	जलती सिगरेट जलने दे
हल्ला गुल्ला		गिरगिट
शोर शराबा	होने देना ना	सरपट दौड़ धूप और
मौजां मस्ती	ना होने देना	कटी पतंग
टूटी कश्ती	डे एंड नाइट	उठी तरंग
खाली रिक्शा	डिस्को लाइट	है बेरंग
ट्राफिक सिग्नल	अपनी अपनी फाइट	जूता तंग
हर पल हलचल	ज़िन्दगी...	जो सोचा था वो मिला नहीं मिला है वो जो सोचा न था
इक पल ना है इक पल हाँ हाँ हाँ हाँ	चलता पहिया चलने दे	
इसमें उसमें उलटी रस्में	रुका फ़ैसला होने दे	
झूठी कसमें	एक हौसला	सोचें गहरी
टिकी दोपहरी	दबी दबी सी हसरत कोई	तुझ पे मरना और कुछ करना
आती है जाने	छुपी छुपी सी	
क्यों शायद	हरकत कोई	
रेल रेल में खेल खेल में	बाहर अन्दर का है अन्तर	बात अधूरी न जाने कब होगी पूरी
धक्का मुक्की	भूला हुआ सा कोई मंतर	कहते कहते रह जाना
सरपर सागर जैसी गागर ढोना	आज और कल में जो पलता है	रहते रहते कह जाना
खोना और पाना	असली नकली सब चलता है	अपनी मर्ज़ी अपना सपना
हसरत		अपनी अपनी ये मजबूरी
आफत	चलते रहना चलते रहना, रुक कर चलना	क्या होती क्यों होती है पता नहीं

मुश्किल भाषा
एक तमाशा

छोटी छोटी छोटी
आशा बन जाती है
बड़ी निराशा
आस का पंछी थका
हुआ सा
कच्चा वादा पका
हुआ सा

चल कर रुकना
आना जाना खाना
पीना रोना गाना
और चिल्लाना
ज़िन्दगी...

स्टाइल भी है
स्माइल भी है

दो साँसों के बीच की दूरी

आग, धुँआ और पानी
जानी अनजानी एक कहानी
ज़िन्दगी...

आधी रात, नील एण्ड निक्की

अर्जुन उन दिनों यशराज फिल्म्स में थे और अब भी हैं। वो टीवी विज्ञापनों का विभाग सँभालते थे तब और मैंने उनके लिए कई तुकबन्दियाँ की थीं अलग-अलग विज्ञापनों के लिए। उस देर रात आये फ़ोन से मैंने अन्दाज़ा लगाया कि श[illegible]की ज़रूरत होगी। मैंने फ़ोन उठाया तो वो बोले, 'इरशाद जी...' मैं, आदि (आदित्य चोपड़ा)।

② मुझसे भी ज़्यादा जो मुझे मुझको चाहे वो कहां है यहां
जो मेरे दो नैनों में ख्वाब सा बनके आये
कहां पे वो रहता है कोई तो मुझे बताये
जो आ के रातों को भी ज़रा सी नींद चुराये
सुबह का सूरज बनके प्यार से मुझे जगाये

आ जाये पास शमा के ऐसा जो है परवाना रे
हल्ला रे... हल्ला रे... हल्ला रे...

③ होगा जी कैसे उससे मेरा आमना सामना
नजर से दिल को देखो - चलो जी देख लिया है
प्यार से उसको सोचो - लो मैंने सोच लिया है
लगे अब तुमको कैसा - सलोने सपने जैसा
लगे जो अच्छा दिल को - समझ लो वही पिया है

इतना आसान नहीं है दिलबर को पाना रे
हल्ला रे... हल्ला रे... हल्ला रे.

④ होना है होना जिसको मेरा लापता क्यों हुआ
वो तुमको नहीं मिलेगा - मैं उसको ढूंढ ही लूंगी
करेगी क्या तू उसका - मैं चोटी से बांधूगी
अगर वो रूठ गया तो - प्यार से मैं बोलूंगी
अगर फिर भी ना माना - अकेले में रो लूंगी

चढ़ गई जवानी इसको दिल देके जाना रे
हल्ला रे... हल्ला रे... हल्ला रे...

Saturday 19

ना माथे पे बिंदिया ना आँखों में काजल
हूँ ऐसी मैं इक मनचली
ना हाथों में मेंहदी ना पैरों में पायल
दीवाने की ढूँढू गली

ऐसा जो चाहे मुझको होके दीवाना रे
हल्ला रे... हल्ला रे.. हल्ला रे
इस प्यार का इकरार का
इंतज़ार का हो जाये
हल्ला रे.. हल्ला रे.. हल्ला रे

(1) मैं तो ना जानूं जिसको ढूंढे ये नज़र है किधर
वो जिसकी खातिर तोड़ूं मैं दुनिया भर की रस्में
करे जो वादे पूरे निभाये सारी कसमें
कहीं तो मिल जाये वो चाहूँ टूट के मुझको
रहूँ ना मैं भी बस में रहे ना वो भी बस में

ऐसा कोई मिल जाये तो मुझको बताना रे
हल्ला रे.. हल्ला रे... हल्ला रे...

Sunday 20

दिन भर की भागदौड़ के बाद तकरीबन साढ़े बारह बजे के करीब घर पहुँचा। भूख भी लगी थी, नींद भी आ रही थी और कुछ करने का मन भी नहीं था। कपड़े बदल कर अभी हाथ-मुँह धोया ही था कि अर्जुन सबलोक का फ़ोन आ गया। अर्जुन उन दिनों यशराज फ़िल्म्स में थे और अब भी हैं। वो टीवी विज्ञापनों का विभाग सँभालते थे तब और मैंने उनके लिए कई तुकबन्दियाँ की थीं अलग-अलग विज्ञापनों के लिए। उस देर रात आये फ़ोन से मैंने अन्दाज़ा लगाया कि शायद फिर किसी तुकबन्दी की ज़रूरत होगी। मैंने फ़ोन उठाया तो वो बोले, 'इरशाद जी...' मैं, आदि (आदित्य चोपड़ा) और सलीम-सुलेमान बैठे 'सजना वे सजना' जैसा गाना बनाने की कोशिश कर रहे थे, धुन तो बन गयी और जब गीतकार के बारे में सोचा तो मैंने कहा क्यों न 'सजना वे सजना' के गीतकार को ही बुला लें, फ़िल्म का एक ही गाना बचा है और आपको करना है, क्या आप अभी सलीम सुलेमान के स्टूडियो आ सकते हैं?' इरशाद इनकार कैसे कर सकता था, नया-नया था, संघर्षरत था, काम और पैसे दोनों की ज़रूरत थी। मुझे ज़रा मलाल ज़रूर हुआ कि पहले याद क्यों नहीं आयी पर

दूसरे ही पल मैंने सोचा चलो इसी बहाने शायद यशराज के साथ कोई गहरा सम्बन्ध बन जाये, संघर्ष जो चल रहा था। मैंने कहा, 'जी बिल्कुल आता हूँ' ...बिना खाना खाए मैं जुहू स्थित सलीम-सुलेमान के स्टूडियो पहुँच गया। धुन सुनी और गीत लिखना शुरू कर दिया। इस गीत के अन्तरे की धुन मुझे आज भी पंजाब की लोहरी के दिनों की याद दिलाती है।

हल्ला रे

हल्ला रे हल्ला रे हल्ला रे
तू झूम ले तू नाच ले मस्ती में तू कुछ गा ले
हल्ला रे हल्ला रे हल्ला रे

मैं तो ना जानूँ किसको ढूँढ़ें ये नज़र, बेख़बर
हो जिसकी ख़ातिर तोड़ूँ मैं दुनिया भर की रस्मे
करे जो वादे पूरे निभाये सारी कसमें
कहीं तो मिल जाये वो, चाहे जो टूट के मुझको
रहूँ ना मैं भी बस में, रहे ना वो भी बस में

चाहे बस चाहे ये दिल दिलबर को पाना रे
हल्ला रे हल्ला रे हल्ला रे
आया कहीं पे जो मुझको हमसफ़र वो नज़र

मोहब्बत की राहों पर मैं हद से बढ़ जाऊँगी
मैं उसके नाम जवानी कसम से कर जाऊँगी
मुझे है इतना कहना वही है मेरा गहना
अगर बाँहों में ले ले ख़ुशी से मर जाऊँगी

चाहे बस चाहे ये दिल दिलबर को पाना रे
हल्ला रे हल्ला रे हल्ला रे

मुफ़्त में 'शब्द'

एक दिन अचानक मुझे असीम भाई का फ़ोन आया कि घर आइये आपसे कुछ बात करनी है। मैं, लीना और असीम के घर गया तो मुझे लीना ने एक गाना सुनाया 'खोया खोया' और पूछा कैसा है। मुझे गाना बहुत अच्छा लगा। सुनाने के बाद उसने कहा मुझे इसमें लिखना है। यानी ये गीत उसकी फ़िल्म 'शब्द' का था और अब इसका संगीत विशाल और शेखर दे रहे थे। मैंने गीत सुनने के बाद लीना से कहा, 'ये तो बहुत अच्छा लिखा हुआ गीत है इसमें क्या लिखना है।'

04/05/04

वही पुरानी नई कहानी
पहले तुमने जवानी में सपने देखे
अब देखोगी सपनों में जवानी
बोलो तो, बोलो ना, बोलो जरा
क्या लगा है यार होने
बोलो तो, बोलो ना, बोलो जरा
क्यों लगा है चैन खोने
कभी-कभी, बैठे-बैठे
क्यों किसी की, याद आ जाती है
हो रहा है अब मुझको जैसे
प्यार सा यूँ तुमको भी वैसे
हो रहा है क्या...
नहीं-नहीं कभी नहीं, ऐसा वैसा कुछ कहीं
होने देना
देखो-देखो दिल ना ये-खोने देना
छोड़ो-छोड़ो जाने भी दो,
इस बात को, ऐसे ना तुम बोलो
किसी की नजर मेहरबां हो रही है
लो फिर से तमन्ना जवां हो रही है

बस में ना हो जो अपने वो ही जवानी है
या फिर वो तेरे मेरे दिल की कहानी है
लगता है कोई चाहने दिल से किसी को
सबसे बड़ी तो इसकी ये ही निशानी है
दिल मेरा यूँ अब चाहे जिसको
प्यार सा यूँ मुझसे भी उसको
हो रहा है क्या...
नहीं नहीं कभी नहीं...

ये रस्ता जरा सा नया है तमन्ना
ज़रा देख लेना कि रुकना कहां
और चलना कहां है
कहां लड़खड़ाना, संभलना कहां है
हाथों में तेरे मेरी किस्मत बदलना
कोई तमन्ना चाहे यूँ ही मचलना
इस मोड़ से मुश्किल है थोड़ा संभलना
चाहत में होगा अब तो हद से गुज़रना
हो रहा है अब मुझको जैसा
कुछ तुम्हें भी थोड़ा सा वैसा
हो रहा है क्या...
हां कहो अंतरा...
नहीं नहीं कभी नहीं...

तब मुझे तारीख़ लिखने की आदत नहीं थी लेकिन इस पन्ने पर इत्तेफ़ाकन तारीख़ 04-05-04 लिखी हुई है।

मुम्बई के जुहू में समन्दर किनारे एक बहुत ही बड़ा और ख़ूबसूरत-सा पाँच सितारा होटल है नोवोटेल। लेकिन मैं तब की बात सुना रहा हूँ जब मेरा संघर्ष विक्रम और बेताल की कहानी की तरह हर नये दिन के साथ नया मोड़ ले लेता था। तब नोवोटेल होटल का नाम अभी 'हॉलीडे इन्न' ही था। इसी 'हॉलीडे इन्न' में बुलाया गया था मुझे और सन्देश को 'शब्द' की कहानी सुनाने के लिए। लीना यादव इस फ़िल्म का निर्देशन कर रही थीं जो ख़ुद बहुत अच्छी एडिटर और बेहतरीन कैमरामैन असीम बजाज की पत्नी हैं। लीना दिखने में बिन्दास, बातचीत में ख़ुशगवार और समझदार हैं। उनसे मैं एक- आध बार पहले भी मिल चुका था असीम भाई के साथ, क्योंकि असीम 'चमेली' के भी कैमरामैन थे और उन्हें उस फ़िल्म के लिए 'फ़िल्मफेयर' भी मिला था। मैं और सन्देश दोनों सन्देश की नयी काली गाड़ी में हॉलीडे इन्न की तरफ़ जा रहे थे और सन्देश मुझे जानकारी भी देता जा रहा था। 'लीना बहुत अच्छी इनसान हैं, एडिटर भी बहुत अच्छी हैं और निर्देशक भी अच्छी ही होंगी।' मैंने कहा, 'बेशक, लेकिन इस फ़िल्म का निर्माता कौन है?' सवाल

सुनकर सन्देश थोड़ा मुस्कुरा दिया। मैंने फिर सवाल दागा, 'क्या हुआ?' सन्देश बोला, 'वही है जिससे तेरी नहीं बनती रोंगिता नन्दी।' मैंने कहा, 'फिर मुझे क्यों ले जा रहे हो यार हम दोनों के बीच 36 का आँकड़ा है, उसने चमेली में मुझे गीतकारी का क्रेडिट नहीं दिया था।' उसने कहा, 'इरशाद फ़िल्म इण्डस्ट्री में दोस्तियाँ और दुश्मनियाँ हमेशा की नहीं होतीं। ...हम ने कौन-सा ज़मीन बाँटनी है यार काम करना है, आगे बढ़ना है।' मैंने कहा, 'हाँ मगर...' उसने कहा, 'मैंने बात की थी रोंगिता से, रोंगिता चाहती है कि तुम ये फ़िल्म करो, उसको कोई एतराज़ नहीं है।' मैं बोला, 'उसको क्यों होगा एतराज़, एतराज़ तो मुझे होगा न सन्देश भाई जब वो मेरा नाम नहीं देगी काम करने के बावजूद।' सन्देश बोला, 'बात करेंगे न उससे।'

चुस्त सफ़ेद पैण्ट, बिना बाजू की सफ़ेद टी-शर्ट, कमर पर काली बेल्ट और काला चश्मा लगाये रोंगिता और साथ में निर्देशक लीना यादव जब उस होटल की कॉफ़ी शॉप में पहुँचीं तो मैं और सन्देश पहले से बैठे हुए थे। रोंगिता ने मुझे देख कर कोई भाव नहीं बनाया चेहरे का और मैं भी बहुत सामान्य रहने की बहुत ज़ोर से कोशिश कर रहा था। हालाँकि काफ़ी असामान्यता और बेचैनी अन्दर करवटें बदल रही थी 'चमेली' के अनुभव के कारण। ख़ैर लीना ने कहानी सुनानी शुरू की, मैं और सन्देश

कहानी सुन कर सच में धराशायी हो गये। तय हो गया कि इस फ़िल्म का संगीत सन्देश देंगे और गीत मैं लिखूँगा। लेकिन उस मीटिंग के बाद न कोई और मीटिंग ही हुई, न किसी का कोई फ़ोन ही आया। न मुझे कोई जानकारी न शायद सन्देश को।

x x x

एक दिन अचानक मुझे असीम भाई का फ़ोन आया कि घर आइये आपसे कुछ बात करनी है। मैं, लीना और असीम के घर गया तो मुझे लीना ने एक गाना सुनाया 'खोया खोया' और पूछा कैसा है। मुझे गाना बहुत अच्छा लगा। सुनाने के बाद उसने कहा मुझे इसमें लिखना है। यानी ये गीत उसकी फ़िल्म 'शब्द' का था और अब इसका संगीत विशाल और शेखर दे रहे थे। मैंने गीत सुनने के बाद लीना से कहा, 'ये तो बहुत अच्छा लिखा हुआ गीत है इसमें क्या लिखना है।' लीना बोली, 'इरशाद भाई गीत विशाल ने लिखा है, आपको इसके बीच-बीच में थोड़ी पोएट्री लिखनी है।' मैं थोड़ी देर के लिए सोच में पड़ गया, वो समझ गयी कि मैं क्या सोच रहा हूँ। वो बोली, 'इस फ़िल्म के साथ जुड़ने वाले लोगों में कई उतार-चढ़ाव हो गये आप चाहें तो सन्देश से पूछ लें।' मैंने सन्देश से बात की। एक पल शायद सन्देश को भी बुरा लगा फिर उसने कहा, 'इरशाद तुम करो यार फ़िल्म, इस इण्डस्ट्री में

ज़्यादा भावुक होकर नहीं चलती ज़िन्दगी।' ...लीना और असीम अच्छे इनसान भी हैं और दोस्त भी, हम सबको एक-दूसरे का साथ चाहिए। ...मेरे हिस्से में ये नहीं तो कोई और फ़िल्म आ जायेगी। सन्देश एक सच्चा दोस्त है और उसने मुझे हमेशा सही रास्ता दिखाने और सही बात समझाने की कोशिश की है। मैंने उसकी बात मानते हुए 'शब्द' शुरू कर दी। यह मेरे जीवन की पहली और शायद आख़िरी फ़िल्म है जिसमें माँगने पर भी निर्माता ने मुझे एक पैसा नहीं दिया था, और यह वही लोग थे जिन्होंने 'चमेली' बनायी थी। ख़ैर, 'खोया खोया' गीत संगीतकार विशाल ददलानी का लिखा हुआ है और बीच-बीच की पोएट्री मेरी है। यहाँ सिर्फ़ पोएट्री ही दे रहा हूँ जो गीत के बीच-बीच में संजय दत्त बोलता है।

आग कभी कभी रोशनी
कहीं कहीं शोर रौनकें।...

कहीं आग आग कहीं धुआँ धुआँ
कभी आस पास कभी यहाँ वहाँ
कभी शोर हो तुम
कभी मौन हो तुम
कौन हो तुम?

दर्द से गहरे, सोच से ऊँचे, प्यार से उजले
नक़्श तुम्हारे ज़हन में मेरे धुँधले धुँधले

तुम्हें नाम दिया है मैंने इक
तुम्हें शक्ल दे रहा हूँ मैं अब
मासूम नज़र
भोला चेहरा
हँसते हुए लब

इक शब्द हो तुम
कोई सच हो तुम
या उलझा हुआ ख़याल हो
फिलहाल तुम इक सवाल हो

जिसकी तस्वीर निगाहों में
तस्वीर में देखे रंग कई
रंगों में मौसम बहार का
तेरी जीत का मेरी हार का
इनकार का, इन्तज़ार का
इकरार का, तकरार का
फीका सा इक रंग प्यार का
तेरी सादगी अनमोल है
किरदार बेमिसाल है

तू जो भी है कमाल है
तू ख़याल है या सवाल है
तेरे सामने जो भी आयेगा
उसे तुमसे प्यार हो ही जायेगा।

x x x

ये फ़िल्म मेरी और विशाल-शेखर की पहली फ़िल्म थी। यहाँ इस बात का भी ज़िक्र करता चलूँ कि पहले विशाल शेखर का जब फ़िल्म के क्रेडिट्स में नाम आता था तो ना 'और' यानी विशाल और शेखर होता था, ना ही 'हाइफन', लेकिन शुरू में जब विशाल शेखर का नाम सुन कर लोगों को ये लगने लगा कि ये एक ही आदमी का नाम है तो उन्होंने 'और' डालना शुरू किया ताकि ये ज़ाहिर हो कि ये दो लोग हैं। उन दिनों उनके स्टूडियो की हवा से ऐसा अन्दाज़ा हो जाता था कि दोनों अपनी-अपनी पहचान को लेकर योजनाबद्ध हैं और बहुत मेहनत कर रहे हैं। 'शब्द' के सारे गीत मैंने उनके साथ उनके पुराने स्टूडियो में किये थे जिसे उन्होंने शायद ऐसे ही 'स्टूडियो फर्स्ट फ्लोर' का नाम दिया था। मुझे ऐसा लगता है कि शब्द का संगीत उनके बेहतरीन कामों में से एक है। फ़िल्मी संगीत का हिट होना या न होना अलग बात है लेकिन जो दर्जा उन्होंने 'शब्द' के संगीत को दिया था, वो कमाल था। 'बोलो ना' मेरा पहला गीत रिकॉर्ड हुआ था फ़िल्म के लिए और पहली बार मेरा गीत श्रेया घोषाल ने गाया था।

इस गीत के चार अन्तरे लिखे थे मैंने जिसमें से दो रख लिए गये और बचे हुए अन्तरों में से दो पंक्तियाँ मैंने बहुत देर बाद यशराज फ़िल्म्स की 'मेरे ब्रदर की दुल्हन' फ़िल्म के एक गीत में इस्तेमाल की थीं क्योंकि वो पंक्तियाँ चाहकर भी मुझे भूली नहीं। वो थीं...

पलकों की डालियों पे सपने लगे हैं
चाहत की गर्मी से जो पकने लगे हैं।

ख़ैर, इस गीत में भी बीच-बीच में शायरी थी। इस फ़िल्म के गीतों की यह एक बड़ी विशेषता लगती है मुझे कि गीतों के बीच बोली गयी शायरी जितनी गीत से जुड़ी है उतनी ही फ़िल्म से। वो किसी कारीगरी के नहीं बल्कि ज़रूरत के तहत लायी गयी है।

बोलो ना

वही पुरानी नयी कहानी
बचपन से जवानी
देखे थे पहले जवानी में सपने
देखोगी सपनों में अब तुम जवानी

बोलो तो बोलो ना बोलो ज़रा
होता है क्या प्यार बोलो
बोलो तो बोलो ना बोलो ज़रा

क्यों हूँ बेकरार बोलो
कभी-कभी बैठे-बैठे
क्यों किसी की याद आ जाती है
हो रहा है अब मुझको जैसा
कुछ ज़रा सा तुमको भी वैसा
हो रहा है क्या?

नहीं नहीं कभी नहीं
ऐसा वैसा कुछ नहीं होने देना
देखो देखो दिल नहीं खोने देना
छोड़ो छोड़ो जाने भी दो
इस बात को

ऐसे न तुम बोलो
बोलो तो बोलो ना बोलो ज़रा
होता है क्या प्यार बोलो
बोलो तो बोलो ना बोलो ज़रा
क्यूँ हूँ बेकरार बोलो

किसी की नज़र मेहरबां हो रही है
लो फिर से तमन्ना जवां हो रही है

बस में ना हो जो अपने
वो ही जवानी है
या फिर वो तेरे मेरे
दिल की कहानी है
लगता है कोई अपना
यूँ ही किसी को
सबसे बड़ी तो इसकी
ये ही निशानी है
दिल मेरा यूँ अब चाहे जिसको
प्यार सा यूँ मुझसे भी उसको
हो रहा है क्या?

नहीं नहीं कभी नहीं
ऐसा वैसा कुछ नहीं होने देना
देखो देखो दिल नहीं खोने देना
छोड़ो छोड़ो जाने भी दो
इस बात को

ऐसे न तुम बोलो
बोलो तो बोलो ना बोलो ज़रा
होता है क्या प्यार बोलो
बोलो तो बोलो ना बोलो ज़रा
क्यूँ हूँ बेकरार बोलो

ये रस्ता ज़रा सा नया है तमन्ना
ज़रा देख लेना के रुकना कहाँ
और चलना कहाँ है
कहाँ लड़खड़ाना सँभालना कहाँ है

इस रास्ते पर अब तो
चलते ही जाना है
चाहे ये दुनिया कह दे
मुझको दीवाना है
तुमसे शुरू हुई है
तुमपे ही अब ख़तम
मेरी कहानी मेरा
हर इक फ़साना है
लग रहा है अब मुझको ऐसा
कुछ तुम्हें भी थोड़ा सा वैसा
लग रहा है क्या?

हाँ कहो तमन्ना

नहीं नहीं कभी नहीं
ऐसा वैसा कुछ नहीं होने देना
देखो देखो दिल नहीं खोने देना

खोने और पाने के बीच
पल भर का फ़ासला है
इनकार मत करो, आगे बढ़ो
थाम लो उसका हाथ
वरना तुम्हारा इनकार मेरा इन्तज़ार बन जायेगा
मैं आगे बढ़ना चाहता हूँ
देखना चाहता हूँ प्यार के इस मोड़ के आगे क्या है
आगे बढ़ो...

x x x

'शौकत और अन्तरा के बीच का रिश्ता पति-पत्नी का रिश्ता तो है ही लेकिन उससे आगे भी कुछ है', लीना ने गीत की सिचुएशन समझाते हुए कहा और फिर कुछ देर ख़ामोशी से सामने पड़ी कॉफ़ी में चम्मच घुमाती रही। मैं भी नहीं बोला क्योंकि मैं अपने आप से ये जानने की कोशिश कर रहा था कि जितना लीना ने बताया है उसमें से मैं कितना समझा हूँ। फिर वो बोली, 'दरअसल पति-पत्नी के बीच की मोहब्बत जो जिस्मानी है लेकिन जिस्मानी है भी नहीं।', मैंने कहा, 'शायद मैं कुछ-कुछ समझ रहा हूँ।... मतलब इश्क़ मिज़ाजी और इश्क़ हक़ीक़ी के बीच घूमता सा कुछ।' उसने मुस्कुराते हुए सर हिलाते हुए कहा, 'एग्ज़ॅक्टूली।... वैसे आपको धुन कैसी लगी इरशाद भाई।' मैंने कहा, 'बहुत रोमाण्टिक' फिर मैंने चुटकी लेने के अन्दाज़ में कहा, 'धुन अच्छी

बुरी तय करने का मेरा एक तरीका है।' बोल अच्छे लिखे जायें तो धुन अच्छी और न लिखे जायें तो...ख़राब।' लीना ज़ोर से हँस पड़ी, 'चलो देखते हैं ये कैसा लिखा जाता है।'

सबसे पहले इस गीत के एक प्रारूप की शुरुआत मैंने 'यूँ लिपट कर चाहतों में तुम कहाँ जा रही हो' से की थी। आधा गीत लिखने के बाद ध्यान में आया कि ऐसे तो शुरुआत हो ही नहीं सकती क्योंकि ये गीत तो पति-पत्नी की मोहब्बत का गीत है और इसकी शुरुआत तो इनडोर विसुअल यानी घर के अन्दर के किसी दृश्य से होगी। लीना से बात हुई तो उसने बताया वो गीत बेडरूम से शुरू करेगी। तो फिर मैंने पहले प्रारूप को तुरन्त फाड़ के फेंक दिया और ऐसे शुरुआत की, 'लो शुरू अब चाहतों का सिलसिला हो रहा है' ...इसमें भी दूसरी लाइन थी 'जागता है प्यार दिल में और जहाँ सो रहा है' जो बेशक बहुत हलकी लाइन थी। इसे भी बदल कर मैंने 'मिट रही हैं दूरियाँ और फ़ासला खो रहा है' कर दिया।

इस गीत के पहले सन्तूर की रूहानी सी तरंगों पर जो सुनिधि चौहान ने 'जिस्म तो...ज़माना है' वो पहले गीत का हिस्सा नहीं था। बाद में उसे गीत के साथ इसलिए जोड़ा ताकि गीत सिर्फ़ शरीर की भाषा में ही न समझा जाये बल्कि रूह की भाषा में भी परिभाषित हो।

चाहतों का सिलसिला

जिस्म तो सिर्फ़ एक बहाना है
रूह तक साथ साथ जाना है
हाथ जबसे है तेरा हाथों में
मेरे हाथों में ये ज़माना है

लो शुरू अब चाहतों का सिलसिला हो रहा है
मिट रही हैं दूरियाँ और फासला खो रहा हैं
हो रही है बात कुछ ऐसी जिसमें
शब्द गुम हैं, अर्थ मतलब चुपके से खो रहा है

लो शुरू अब चाहतों का सिलसिला हो रहा है...

रुत ना पहले थी कभी इतनी जवाँ
थोड़ा नया सा लग रहा है ये जहाँ

आयेगा और भी ऐसा ही समाँ
आयेगा और भी ऐसा ही समाँ
हाँ हमेशा दो दिलों को प्यारा सा जो रहा है
लो शुरू अब चाहतों का सिलसिला हो रहा है...
दिल ये चाहे टूटकर चाहूँ तुम्हें
दे दो इजाज़त टूटने की तुम हमें

चुन के रख लो चाहतों के ये लम्हे
यूँ सँभलकर थाम लो पल देखो वो खो रहा है

लो शुरू अब चाहतों का सिलसिला हो रहा है
मिट रही हैं दूरियाँ और फासला खो रहा है
हो रही है बात कुछ ऐसी जिसमें
शब्द गुम हैं, अर्थ मतलब गुम हो रहा है

x x x

शब्द का आख़िरी गीत था यह। उन दिनों का आइटम नम्बर। मुझे याद है जब मैंने ये गीत लिखा तो विशाल (-शेखर) को 'चाँदनी चाँदनी' का इस्तेमाल ज़्यादा अच्छा नहीं लगा था क्योंकि डर था कि कहीं यह यश चोपड़ा जी की 'चाँदनी' फ़िल्म के गीत 'चाँदनी ओ मेरी चाँदनी' का एहसास न दिला दे। लेकिन जब मैंने कहा कि मुझे नहीं लगता ऐसा होगा क्योंकि धुन अलग है, यहाँ बात कहने का अन्दाज़ अलग है तो कुछ देर की बहस के बाद विशाल मान गया। विशाल को खुद गीतकार होने के कारण गीत के बोलों की काफ़ी समझ है। सन्देश और विशाल-शेखर मुझे उन गिने चुने संगीतकारों में से लगते हैं जो गीत के बोलों को कहीं न कहीं कुछ अहमियत देते हैं।

जिन दिनों ये गीत फ़िल्माया जा रहा था उन दिनों एक दिन शूट पे जाती हुई लीना मिल गयी। रुक कर कुछ खैर

ख़ैरियत जानना, बात करना ज़रूरी भी था और मुनासिब भी। लीना ने मुझे बताया कि 'शोलों सी' सबको बहुत पसन्द आ रहा है यहाँ तक कि फ़िल्म की हीरोइन ऐश्वर्या राय ने पूछा कि किसने लिखा है गीत। मेरे लिए इससे बड़ी बात क्या हो सकती थी उन दिनों। मैं बात सुन कर ज़मीन से डेढ़ इंच ऊपर हो गया। उसने कहा 'ऐश्वर्या कह रही थी सेट पे बुलाओ इरशाद को गीतों से इंटरेस्टिंग बन्दा लगता है।' पता नहीं लीना की बात में कितना सच था, अब मुझे लगता है कि उसने यक़ीनन मेरा दिल रखने के लिए कहा था। ख़ैर जो भी था जितना भी था मुझे हफ्ते भर की ख़ुमारी देने के लिए काफ़ी था। इसी खुमारी के सदका मैं गाने की शूट पर गया ही नहीं, या शायद डरता था कि मेरा भरम टूट न जाये।

शोलों-सी शोलों-सी

शोलों सी शोलों सी
तेरी आँखों की ये रोशनी
किसके लिए है किसके लिए है
चाँदनी चाँदनी तेरे चेहरे की ये चाँदनी
किसके लिए है किसके लिए है

तेरा मुस्कुराना नज़र यूँ झुकाना
मेरे लिए है बस मेरे लिए है

शोलों सी शोलों सी
तेरी आँखों की ये रोशनी
किसके लिए है किसके लिए है
चाँदनी चाँदनी तेरे चेहरे की ये चाँदनी
किसके लिए है किसके लिए है

समझो मेरा जो इशारा है
जो भी है मेरा वो तुम्हारा है
लहर मैं कोई हूँ खोयी
मंज़िल तू है तू किनारा है

ये मेरी अदाएँ ये मेरी वफ़ाएँ
तुझको पता है सब तेरे लिए है

हँस के दिखा दो दीवाने को
जो हो रहा है हो जाने दो
दिल की उलझन जुबां पे
आती है तो आ भी जाने दो

ये होंठों की नर्मी ये साँसों की गर्मी
मेरे लिए है बस मेरे लिए है

X X X

ये बात तय है कि 'शब्द' पर काम करते हुए बहुत मज़ा आया। मुझे नये निर्देशकों के साथ काम करना हमेशा अच्छा लगता है। भले वो संगीत निर्देशक हों या फ़िल्म निर्देशक, उसका सबसे बड़ा कारण यह है कि उनमें आग होती है यानी वो ऊर्जा जिससे कुछ करके दिखाया जाता है। ख़ैर, 'मत जा' इस फ़िल्म का आख़िरी गीत था जो हमने रिकॉर्ड किया था। विशाल-शेखर की बेहतरीन धुन तो ये है ही इसे सुखविन्दर ने गाया भी बहुत ही कमाल है। इस फ़िल्म का यही एक गीत था जिसमें मैंने एक शब्द नहीं बदला था। धुन सुनने के बाद जिस तरह से ये गीत मुझसे लिखा गया ठीक वैसा ही रिकॉर्ड कर लिया गया। इसके किसी भी शब्द पर न लीना को कोई ऐतराज़ हुआ और न ही संगीतकार जोड़ी ने कोई फिकरा बदलने के लिए कहा। (धुन का सहारा लेकर) बहुत कम शब्दों में एहसास समेटने की कोशिश कहा था इसे लीना ने मेरे बोल सुनने के बाद। मैं तब भी उसकी इस बात से पूरी तरह सहमत था और मैं आज भी उसकी इस बात से पूरी तरह सहमत हूँ।

मत जा

जानता हूँ
कितने आँसू बह गये
कितने ग़म पिघल गये
ख़्वाब हर जला दूर तू जो चला
मत जा...मत जा
जो खता है वो बता...मत जा
धीरे-धीरे हौले हौले
बिखरूँ मैं यहाँ
चुपके चुपके रखना चुन के
बिखरूँ मैं जहाँ
सिमटूँ क्या भला दूर तू जो चला
मत जा

सच्चा क्या है झूठा क्या है
उलझा ही रहा
लिखना चाहूँ लिख ना पाऊँ
दिल ने जो कहा
दर्द जो मिला शब्द बनके ढला
मत जा

जो खता है वो बता
मत जा...

‘आहिस्ता आहिस्ता’ मंज़िल की ओर

Sailesh – 673
Neeraj Shelly 9322838739

21 Wednesday

आहिस्ता आहिस्ता साथिया
तूने कोई जादू है किया
मेरी जवानी की कहानी
डूबी है तेरे प्यार में
होजा तू होजा मेरी होजा
बैठा हूं इंतज़ार में
रातों को तू कर दे सहर...

मैंने तुम्हें चाहा जिस तरह
चाहेगा ना कोई इस तरह
चाहत में तेरी मैं तो यारा
ना जाने क्या क्या हो गया
मुझमें बचा है यारा तू ही
मैं जाने कहां खो गया
लादे मुझे तू ढूंढकर...

इश्क ने तेरे इश्क ने
कर दिया कर दिया वो असर
बेचैन शामों सहर
बस तुम्हें याद करता हूँ मैं बेख़बर

मेरी जवानी की कहानी
डूबी है तेरे प्यार में
सुनना जो चाहूं मैं तू कह दे (वो)
बैठा हूं इंतज़ार में
ओ ख़त्म इंतज़ार को तू कर ... इश्क ने

दोनों जहान मैंने पाये
ओ यारा तुझे पा के
दिल ये जलेगा रब भी जो ख़ुदा भी
मिलेगा तुझे आ के
ओ आसमां से नीचे उतर ... इश्क ने

जाने भला ये हम कैसे
क्या चाहें क्या ना चाहें
रस्ते पुराने सब छूटे
नई हैं सभी राहें
ओ जाने ले के जायें ये किधर ... इश्क ने

—*—

JUNE 2004

28 Monday

आवन - आवन - आवन
आवन कहके अजहूँ ना आये
पिया डगर में नैन बिछाये
बैठी बिरहन आस लगाये
आस जिया की टूट ना जाये
आवन - आवन - आवन

(1) रंग तुम्हारा मुझपे चढ़के
(4) नाम का तेरे कलमा पढ़के
(3) तेरे दर पे आ बैठी हूँ
(2) बोल रहा ~~मैं सारी~~ दुनिया से लड़के
दुनिया खोई कौन पा लिया
तू ही मौला तू ही औलिया
देख मेरे नैनों का सावन... आवन - आवन - आवन

जबसे पिया के साथ लगी हूँ
सारी सारी रात जगी हूँ
पिया को ढूंढे पिया को चाहें
पिया मिलने की देखें राहें
जोगन अंखियां रोगन अंखियां
दर्द जुदाई भोगन अंखियां

कोशिश की हमने नज़रें चुराने की
कोशिश की हमने दिल को बचाने की / कोशिश की खुद को कुछ न बताने की
लेकिन दिल आ गया... जिसपे आना था

सारे आलम सारे मौसम
सारी खुशियाँ सारी दुनिया
तेरे बगैर... तन्हाइयाँ

इश्क ने तेरे इश्क ने कर दिया
कर दिया बेखबर
बेचैन शामो सहर
बस तुम्हें याद करता हूँ मैं रात भर

आवन अखियाँ जावन अखियाँ
याद में तेरी सावन अखियाँ
आ मिल आ मिल...

बहुत ज़ोर था भई, सचमुच बहुत ज़ोर था उन दिनों हिमेश रेशमिया का। और वो ज़्यादातर काम समीर के साथ कर रहा था। छोटी हो या बड़ी तकरीबन हर दूसरी फ़िल्म उसके संगीत से सजी होती थी। निर्माता अंजुम रिज़वी ने जब फ़िल्म बनाने की सोची तो हिमेश ने उन की फ़िल्म में भी संगीत देने की इच्छा ज़ाहिर कर दी। अंजुम रिज़वी को हिट संगीतकार मिल रहा था उसे और क्या चाहिए था? लेकिन उसने कहा कि मैं गीत इरशाद कामिल से लिखवाना चाहता हूँ। हिमेश को इस पर कोई ऐतराज़ नहीं हुआ। निर्देशक शिवम नायर की पहली फ़िल्म थी ये, शिवम टीवी के बेहतरीन निर्देशकों में से एक थे उन दिनों। इसी फ़िल्म को पहले इम्तिआज़ अली स्टार प्लस पर आने वाले एक सीरियल 'बेस्ट सेलर' में 'विटनेस' नाम से बना चुके थे। इम्तिआज़ चाहता था कि मैं इस फ़िल्म के न सिर्फ़ गीत लिखूँ बल्कि संवाद भी लिखूँ। इम्तिआज़ का मुझ पर यही विश्वास मुझे मेरी सीमाओं के पार ले जाता है और क्षमताओं से आगे बढ़ जाता हूँ हर बार उसके साथ काम करता हुआ। असल में शायद यही एक तरीका है किसी से बेहतरीन काम करवाने का।

जिससे काम करवा रहे हो उसके हुनर की इज़्ज़त करो और उसपे यक़ीन रखो।

इस फ़िल्म में हिमेश का आना हिट संगीत की गारण्टी सा मान लिया था हमने। पहली बार हिमेश के सिटिग रूम, श्रीनाथ कुटीर में मैं, शिवम और अंजुम के साथ गया। यह हालनुमा कमरा था जिसमें 6-7 अलग-अलग वाद्य-यन्त्र बजाने वाले वादक बैठे थे मुस्तैदी से। मैं, अंजुम, शिवम और कार्यकारी निर्माता नरेन दरवाज़े के सामने वाले कोने में गद्दों पर दुबके से बैठे थे। दरवाज़े और हमारे बीच एक काफ़ी भारी, ऊँची और तख़्त जैसी भूरे रंग की कुर्सी पर हिमेश माइक लेकर बैठा था। उसके सामने बैठे वादकों में सबसे प्रमुख वादक जतिन गाँधी के सामने एक डायरी रखी थी।

हिमेश किसी गाने का ज़िक्र करता, प्रमुख वादक कोई संगीत की ध्वनि बजाता और सब बाकी वादक अपने-अपने वाद्य-यन्त्र लेकर उसके पीछे हो लेते। शिवम प्रतिक्रिया के लिए मेरी तरफ़ देखता। क्योंकि उसने बहुत ईमानदारी से आते समय मुझे कह दिया था इरशाद भाई धुनों पे हाथ आपने रखना है हम सिर्फ़ आपकी हाँ में हाँ मिलायेंगे, क्योंकि लिखना आपको है। जब कभी भी ज़िन्दगी में ऐसी स्थिति-परिस्थिति बनती है तो आप जानते हैं इनसान थोड़ा सचेत हो जाता है और अपनी तरफ़ से बहुत ज़िम्मेदार होने की एक्टिंग करता है। मैंने भी ख़ूब

एक्टिंग की उस दिन। मैंने एक्टिंग करते हुए भी बहुत शिद्दत से अपनी ज़िम्मेदारी निभाने की कोशिश की। उस दिन जो सुना था मैंने वो यक़ीन में बदल गया कि हिमेश ने धुनों का एक बैंक बनाया हुआ है और उसी बैंक में से वो निर्माता निर्देशकों को धुनें सुनाता है। ये धुनों का बैंक कहीं न कहीं हर संगीतकार के पास होता है ऐसा करने में कोई बुरी बात भी नहीं है और कभी-कभी सबकी आँख बचा कर गीतकार भी कर लेता है अपने ख़यालों का बैंक बनाने का काम।

यह मेरी इकलौती फ़िल्म है जिसकी लगभग सब धुनें एक ही दिन में निर्धारित हो गयी थीं। अब करना क्या था, बस उन धुनों पर बोल लिखने थे। अब 2006 की यह डायरी, जिसके मैं पन्ने पलट रहा हूँ इस समय, बता रही है कि सबसे पहले मैंने 'इश्क़ ने तेरे इश्क़ ने' गाने पर काम शुरू किया।

इश्क़ ने तेरे

इश्क़ ने तेरे इश्क़ ने
कर दिया, कर दिया बेख़बर
बेचैन शाम-ओ-सहर
बस तुझे याद करता हूँ मैं रात भर

अहिस्ता-अहिस्ता साथिया
तूने कोई जादू है किया
मेरी जवानी की कहानी

डूबी है तेरे प्यार में
हो जा तू हो जा मेरी हो जा
बैठा हूँ इन्तज़ार में
खोया हूँ तेरे प्यार में

इश्क़ ने तेरे इश्क़ ने...

मैंने तुम्हें चाहा जिस तरह
चाहेगा न कोई इस तरह
चाहत में तेरी मैं तो यारा
ना जाने क्या क्या हो गया
भुला मैं सारी दुनिया को
ख़्वाबों में तेरे खो गया
चैन भी मेरा तो गया

इश्क़ ने तेरे इश्क़ ने...

आवन अखियाँ जावन अखियाँ

इस दुनिया संग ना चाहूँ
ना मैं झुमका कंगना चाहूँ
जैसे भी हो जितना भी हो
रंग पिया के रंगना चाहूँ

आ मिल आ मिल...
आवन अखियाँ जावन अखियाँ

हिज्र में तेरे सावन अखियाँ
आ मिल आ मिल...
आवन अखियाँ जावन अखियाँ
हिज्र में तेरे सावन अखियाँ

जबसे पिया के साथ लगी हैं
सारी सारी रात जगी हैं
पिया को ढूँढें, पिया को चाहें
पिया मिलन की देखें राहें...राहें
जोगन अखियाँ रोगन अखियाँ
दर्दे जुदाई भोगन अखियाँ
आवन अखियाँ जावन अखियाँ
हिज्र में तेरे सावन अखियाँ

बावरी मुझको कहते पिया जी
गाँव को जबसे छोड़ दिया जी
पिया मिलन की आस में निकली
सकल जवानी मोम सी पिघली...पिघली
जागन अखियाँ सोवन अखियाँ
याद में तेरी रोवण अखियाँ

आवन अखियाँ जावन अखियाँ
हिज्र में तेरे सावन अखियाँ

दिल लगेया ना लगेया*

दिल लगेया ना लगेया दिल लगेया ना लगेया...

तन्हा तेरे बग़ैर अब जिया जाये ना
दुनिया सारी है ग़ैर अब जिया जाये ना

दिल लगेया ना लगेया दिल लगेया ना लगेया...

मैं हूँ जहाँ तू है वहाँ, हर पल ये एहसास है
मेरी हँसी मेरी ख़ुशी तू ही मेरी आस है
दिल लगेया ना लगेया दिल लगेया ना लगेया

छूटेंगी ना टूटेंगी अब आस की डोरियाँ
होनी ही थीं लो हो गयीं यारा ख़तम दूरियाँ
तन्हा तेरे बग़ैर अब जिया जाये ना
दिल लगेया ना लगेया दिल लगेया ना लगेया
दुनिया सारी है ग़ैर अब जिया जाये ना

---

*इस गीत में 'दिल लगेया ना लगेया, दिल लगेया ना लगेया' का क्या मतलब है और वो कैसे गीत के साथ जुड़ता है इसका मुझे आजतक अन्दाज़ा नहीं। जी हाँ सच मानिए, और एक सच ये भी है कि यह मैंने नहीं लिखा बल्कि हिमेश के पास इसी कोरस के बोलों के साथ यह धुन तैयार थी और उन्हें इस कोरस लाइन के अलावा कोई लाइन पसन्द भी नहीं थी। इस कोरस को रख कर गाना निभाना मेरे लिए बहुत मुश्किल हो गया। मैंने गीत तो लिखा लेकिन सही मायने में कोरस की इस पंक्ति को निभा नहीं पाया।

देगा बता तेरा पता बोले है धक् धक् जिया
आँखें झुकीं साँसें रुकीं रहने लगी हैं पिया
दिल लगेया ना लगेया दिल लगेया ना लगेया

तू जो मिला, कोई गिला मुझको रहा ही नहीं
खुद पे नहीं जितना यकीं, तुझपे है उतना यकीं
तन्हा तेरे बगैर अब जिया जाये ना
दिल लगेया ना लगेया दिल लगेया ना लगेया
दुनिया सारी है गैर अब जिया जाये ना

x x x

ख़ैर, जब मैंने इस फ़िल्म के एक-दो गीत लिख दिये तो एक दिन हिमेश ने कहा, 'कोई मुखड़ा हो तो बताओ, मुझे लगता है अभी एक-आध गाने की और गुंजायश है एल्बम में।' उसी सुबह मेरे दिमाग़ में दो पंक्तियाँ आयी थीं कि :

आँखों में जो है मेरी
आँखों से हो ना परे
अल्लाह करे...

मैंने यह तुरन्त सुना दिया क्योंकि ताज़ा-ताज़ा था ज़ेहन में। हिमेश ने भी तुरन्त धुन बना दी। ये उनकी खासियत है कि धुन बनाने में वो ज़्यादा समय नहीं लेते। उनको 'अल्लाह करे' जितना पसन्द आया था उतनी ऊपर

की दो पंक्तियाँ पसन्द नहीं आयी थीं इसलिए उन्होंने शुरू में कुछ और धुन बना दी और अन्त में 'अल्लाह करे' रख लिया। शुरू में जो उन्होंने धुन बनाई थी उसपे मैंने लिख दिया 'जब तक खुदाई रहे, तेरे दिल पे मेरा नाम रहे, अल्लाह करे।' इस गीत का एक विशेष वीडियो भी बनाया गया जिसमें हिमेश खुद इस गाने को गाते हुए देखे जा सकते हैं। यह 'आहिस्ता आहिस्ता' का प्रमोशनल वीडियो था।

अल्लाह करे

जब तक खुदाई रहे,
तेरे दिल पे मेरा नाम रहे,
अल्लाह करे...
तेरा ही आलम है तेरा ही मंज़र है
तेरा ही मौसम है रात दिन
गहराइयों में मेरे दिल की जानेजाँ
अब कोई नहीं है तेरे बिन
हर लम्हा तुझको ही जिया है
तूने क्या मुझको कर दिया है
जब तक खुदाई रहे,
तेरे दिल पे मेरा नाम रहे,
अल्लाह करे...

मेरी जवानी का तेरी कहानी का
कोई न कोई है वास्ता
तेरा ठिकाना हूँ तेरा फ़साना हूँ
मंज़िल का तेरी मैं रास्ता
तुझपे है मेरा बस मेरा हक़
तू ही है जाना दिल की रौनक़
जब तक ख़ुदाई रहे,
तेरे दिल पे मेरा नाम रहे,
अल्लाह करे...

x x x

दिनों की भी अपनी किस्में और अपने किरदार होते हैं। कुछ दिन माँ की लोरी की तरह उनींदे से होते हैं, कुछ जवान प्रेमिका की तरह चुस्त-चटख और कुछ बेरहम अफ़सर की तरह सख़्त। सख़्त दिन की ऐसी ही एक शाम ने कन्धों पर थकान का दोशाला दे दिया था। दिन शुरू तो हुआ था लेकिन ख़त्म नहीं हो रहा था और कन्धे भी थकान के बावजूद झुके नहीं थे अभी। शाम ख़त्म हो तो दिन ख़त्म हो लेकिन शाम इलास्टिक की तरह खिंचती चली जा रही थी। आख़िर हर चीज़ को ख़त्म होना होता है इसलिए शाम भी हो गयी और मैं रात के तकरीबन एक बजे घर पहुँचा ही था कि हिमेश का फ़ोन आ गया, 'इरशाद जी कैसे हैं, कहाँ हैं?' मैंने मुस्कुराते हुए जवाब

दिया, 'हिमेश जी आधी रात को मैं अपने ही घर पे होता हूँ।' जवाब सुन और समझ कर हिमेश हँस पड़े बोले, 'अभी आधे घण्टे में कुणाल गाँजावाला आ रहा है एक गाना गाने आप आ सकते हो?' तब भी और अब भी मेरी हमेशा ये कोशिश रहती है कि गीत की डबिंग में मैं रहूँ, क्योंकि फ़िल्म इण्डस्ट्री के बहुत सारे गायकों की ही नहीं बल्कि हमारे देश के ज़्यादातर नौजवानों की हिन्दी का उच्चारण सुभान अल्लाह और माशा अल्लाह है। हालाँकि उच्चारण का ये गुण कुछ हाल ही के गायकों में भी आ गया है।

ख़ैर, मैंने फटाफट दो चपातियाँ उधेड़ीं और ऑटो पकड़ कर अशोक हौंडा स्टूडियो, यारी रोड पहुँच गया। हिमेश वहाँ पहले से मौजूद थे तो मैंने जाते ही स्वाभाविक सा प्रश्न किया, 'हिमेश जी इतनी रात को डबिंग? कुछ इमरजेंसी थी क्या?' मुझे पता चला कि कल कुणाल अमेरिका शोज़ के लिए जा रहा है। लेकिन उससे ज़्यादा रोचक ख़याल हिमेश ने ये बताया कि 'इरशाद जी जब आप फॉर्म में हों न तो बिना आराम किये लगे रहना चाहिए, हर पल, पूरी कायनात आपके पक्ष में होती है उस समय, आपने देखा होगा जब कोई-कोई बैट्समैन किसी-किसी दिन यूँ ही बैट पे बैट घुमाता रहता है और छक्के पे छक्का लगाता रहता है क्योंकि उसका दिन होता है वो, अब मेरा समय चल रहा है तो मैं चाहता हूँ भरपूर

फ़ायदा उठाऊँ इसका, आराम तो फिर करना ही है जब काम नहीं होगा।' उस समय मुझे हिमेश की बात में बहुत दम लगा। तभी कुणाल आ गया और मैंने गाना लिखवा दिया। हिमेश के पिता श्री विपिन रेशमिया ने गवाया था यह गाना कुणाल से, मुझे अच्छी तरह याद है आज भी कि वो सिर्फ़ सुर और ताल पे ही नहीं श्रुतियों पे बात करते हुए भी कुणाल को गाते-गाते रोक लेते थे। मुझे एहसास हुआ कि संगीत की कितनी समझ है उनको। लेकिन मेरे लिए इस गीत के संगीत में सबसे बेहतरीन चीज़ शुरू में बजने वाली सारंगी है जो सचमुच मन का माहौल बना देती है।

तुम जो मिले

तुम जो मिले अरमां जगे
सपने कई सजने लगे
ना जाने कहाँ दिल खो गया
आहिस्ता-आहिस्ता, आहिस्ता-आहिस्ता...

तेरी बातें तेरी यादें
कर गयीं वो असर
हर जगह बस तू ही तू है
देखूँ मैं जिधर
देखूँ मैं जिधर

ये फ़ासले ये दूरियाँ
बन जाने दो नज़दीकियाँ

ना जाने कहाँ दिल खो गया
आहिस्ता-आहिस्ता, आहिस्ता-आहिस्ता...

चाहता हूँ रोक लूँ मैं
जाते ये लम्हे
भूल के मैं सारी दुनिया
चाहूँ बस तुम्हें
चाहूँ बस तुम्हें
सारी उमर जी लूँ यहीं
तुमसे जुदा होना नहीं

ना जाने कहाँ दिल खो गया हे
आहिस्ता-आहिस्ता, आहिस्ता-आहिस्ता...

लव यू अनकण्डीशनली सोहनीये

लव यू अनकण्डीशनली सोहनीये
मेरे मेरे हो जाइए दूर कभी ना जाइए
लव यू अनकण्डीशनली सोहनीये
मेरे मेरे हो जाइए दूर कभी ना जाइए
क्यों भला इस तरह ये कशिश हो रही है

जान लो बात वो जो अभी अनकही है
किस तरह मैं भला आप से वो कहूँगा
धड़कनें, हसरतें जो मुझे कह रही हैं
लव यू अनकण्डीशनली सोहनीये
मेरे मेरे हो जाइए दूर कभी ना जाइए

मैं वही तू वही हर चीज़ ही वही है
क्यों मगर हर डगर कुछ अलग लग रही है
ये समाँ ये जहाँ और ही हो गया है
आँखों ने आँखों से बात ऐसी कही है

लव यू अनकण्डीशनली सोहनीये
मेरे मेरे हो जाइए दूर कभी ना जाइए
लव यू अनकण्डीशनली सोहनीये

x x x

इस गीत में जो इंग्लिश की लाइन है वो मेरी नहीं है। यह हिमेश जी का आइडिया था। इस पर शुरू में फ़िल्म के निर्माता अंजुम रिज़वी को कुछ ऐतराज़ भी हुआ, अंजुम का ख़याल था कि हिन्दी फ़िल्म का गाना बिना किसी ख़ास ज़रूरत के अंग्रेज़ी से शुरू नहीं करना चाहिए। लेकिन हिमेश इस लाइन को रखने के लिए बा-ज़िद्द थे। हिमेश का ख़याल था कि यह अंग्रेज़ी की लाइन ही युवाओं को

पसन्द आयेगी इस गीत में और शायद यही सोच कर उन्होंने ख़ुद यह गीत गाया भी, यानी हिन्दी फ़िल्मी गीतों में अंग्रेज़ी की घुसपैठ की शुरुआत का दौर था वो। लेकिन इस अंग्रेज़ी पर कुछ अंग्रेज़ीदां लोगों को ऐतराज़ भी हुआ कि 'लव यू अनकण्डीशनल' होता है न कि 'लव यू अनकण डीशनली', मुझे लगता है हिन्दी फ़िल्मों के गानों में जो अंग्रेज़ी आती है उसकी ग्रामर पर कोई ज़्यादा ध्यान नहीं देता। न लिखने वाला और न ही सुनने वाला। जो भी हो यह गाना काफ़ी पसन्द आया था उस समय लोगों को।

ईमानदार ‘गफ्ला’

बड़े शहर में ख्वाब बड़े हैं - कदम-कदम
ख्वाब की सूली कौन चढ़े हैं - क़सम से हम तुम
जो करना है वो करना है ख्वाबों के वास्ते (2)
जो मुश्किल हैं तो होने दे ख्वाबों के रास्ते (1)
[हां जीना है हां मरना है ख्वाबों के वास्ते]
तू जां ले ले, हां हां ले ले, इतनी सी आस दे (5)
[सच होंगे वो देखूँ मैं जो, हां आज अभी वो ख्वाब सभी ऊँचे]
सच होंगे वो देखेंगे जो, हम आज अभी, हां ख्वाब सभी ऊँचे
लड़नी है जब रोज़ लड़ाई संभल संभल
बड़ी सोच की पकड़ कलाई क़सम से पल पल
जो सोचेंगे हो जायेगा सीधी सी बात है (1)
दिन आयेंगे दिन आयेंगे माना अब रात है (3)

वो पा लेंगे जो चाहेंगे हिम्मत जो साथ है (2)
सच होंगे वो देखेंगे जो हम आज अभी हां ख्वाब सभी ऊँचे
मेरे हिस्से की धूप है जो
मैं ना जानूं है कहां पे वो / इस शहर में जाने कहां है वो
क्यों बड़ी इमारत निगल गई / रही
मेरी क़िस्मत के सूरज को
ज़रा-ज़रा, ज़रा-ज़रा बता मुझे
जाने दे जाने दे ऐसे ना ताने दे
पाने दे पाने दे पाये जो पाने दे
जाने दे जाने दे ऐसे ना ताने दे
शहर को हमदम - शहर को हमदम
बड़े शहर ...

न संघर्ष अभी ख़त्म हुआ था, न कोई सपना टूटा था और न ही कोई इच्छा मरी थी। कभी ज़िन्दगी का काम चल रहा था और कभी ज़िन्दगी में थोड़ा बहुत काम चल रहा था। ले-देकर मेरी ताक़त सिर्फ़ वो तारीफ़ें ही थीं जो कभी-कभार लोग मेरे काम की कर दिया करते थे। अपने जैसे ही कुछ लोग इधर-उधर दिखाई दे जाते या मिल जाते तो ताक़त और उम्मीद थोड़ी और बढ़ जाती।

ये मुझे जुहू-वर्सोवा लिंक रोड पर मिला था, वहीं था उसका दफ़्तर, जिसके टॉयलेट के दरवाज़े पर लिखा था 'हेयर क्रिएटिविटी फ़्लोज़।' जी हाँ, बहुत प्रभावित हो गया था मैं उससे, दिखने में काफ़ी ख़ूबसूरत, बातचीत में बेहद मीठा। माँ-बाप दोनों डॉक्टर थे और उन्होंने अपना प्राइवेट क्लिनिक गिरवी रख कर पैसा दिया था शायद बेटे को फ़िल्म बनाने के लिए। यही बताया था उस समय 'गफ्ला' के लेखक-निर्देशक समीर हनचाटे ने। एक किरदार भी निभाया था उसने फ़िल्म में। फ़िल्म बाफ्टा में चुनी भी गयी थी लेकिन बॉक्स ऑफ़िस पर चली नहीं। समीर से मिलने के बाद उसकी ईमानदार कोशिश को देखते हुए मुझे लगा कि इस इनसान की फ़िल्म ज़रूर

करनी चाहिए, बिना किसी उम्मीद के। कार्तिक शाह का इस फ़िल्म में संगीत था और सिर्फ़ दो गाने ही थे। दो गाने होने के कारण कोई सीडी या कैसेट भी नहीं निकल पाया इस फ़िल्म का और लोगों तक भी ज़्यादा इस फ़िल्म का संगीत पहुँचा नहीं। पर इन दो गानों में मुझे ऐसा लगता है कि ज़िन्दगी के कुछ अहम मुद्दे उठते हैं, कई सवाल खड़े होते हैं। मुझे अफ़सोस है कि समीर ने अभी तक अपनी अगली फ़िल्म नहीं बनाई, उस जैसे ईमानदार तकनीशियनों की इस फ़िल्म इण्डस्ट्री को बहुत ज़रूरत है और शायद हमेशा रहेगी।

बड़े शहर में ख़्वाब

बड़े शहर में ख़्वाब खड़े हैं
क़दम-क़दम...
ख़्वाब की सूली कौन चढ़े हैं
क़सम से हम तुम
जो मुश्किल हैं तो होने दे ख़्वाबों के रास्ते
जो करना है वो करना है ख़्वाबों के वास्ते
तू जाँ ले ले हाँ हाँ ले ले इतनी सी आस दे
सच होंगे वो देखेंगे जो
हम आज अभी हाँ ख़्वाब सभी ऊँचे

लड़नी है जब रोज़ लड़ाई
सँभल-सँभल
बड़ी सोच की पकड़ कलाई
क़सम से पल पल
जो सोचेंगे हो जायेगा सीधी सी बात है
वो पा लेंगे जो चाहेंगे हिम्मत जो साथ है
दिन आएँगे दिन आएँगे माना अब रात है
सच होंगे वो देखेंगे जो
हम आज अभी हाँ ख़्वाब सभी ऊँचे

मेरे हिस्से की धूप है जो
इस शहर में जाने कहाँ है वो
क्यों बड़ी इमारत निगल रही
मेरी किस्मत के सूरज को
ज़रा-ज़रा, ज़रा-ज़रा बता मुझे
शहर में हमदम
बड़े शहर में ख़्वाब खड़े हैं
क़दम-क़दम...

गफ्ला गीत

लोहे को लोहा काटे
ज़हर को ज़हर मारे
गफले को...
रोकें तो कैसे रोकें
जितने सपने उतने धोखे
खोया भी है पाया भी है
सपनों का यूँ साथी हो के
तेरे मेरे इसके उसके
न सपने न गफले बस के
जैसे चाहे वैसे जी ले
रो रो के या थोड़ा हँसके
झूठे से झूठा हारे
सच्चे को सच प्यारे
गफले को...

बढ़ते बढ़ते बढ़ जाती हैं
तेरी मेरी ख़्वाहिशें
होते होते हो जाती हैं
छोटी मोटी साज़िशें
यार हार में जीत छुपी है
और जीत में हार है
सीधा भी है उल्टा भी है

जैसा है संसार है
तेरा न मेरा है ये
माना कि बस डेरा है ये
जीना भी छीन ले जाये
कैसा चार चौफेरा है ये
सही गलत यहाँ कुछ भी नहीं है
सही गलत कभी गलत सही है
जैसे चाहो वैसे सोचो
जो सोचोगे ठीक वही है

लोहे को लोहा काटे
ज़हर को ज़हर मारे...

मैं, उस्ताद और दिवा’ज़

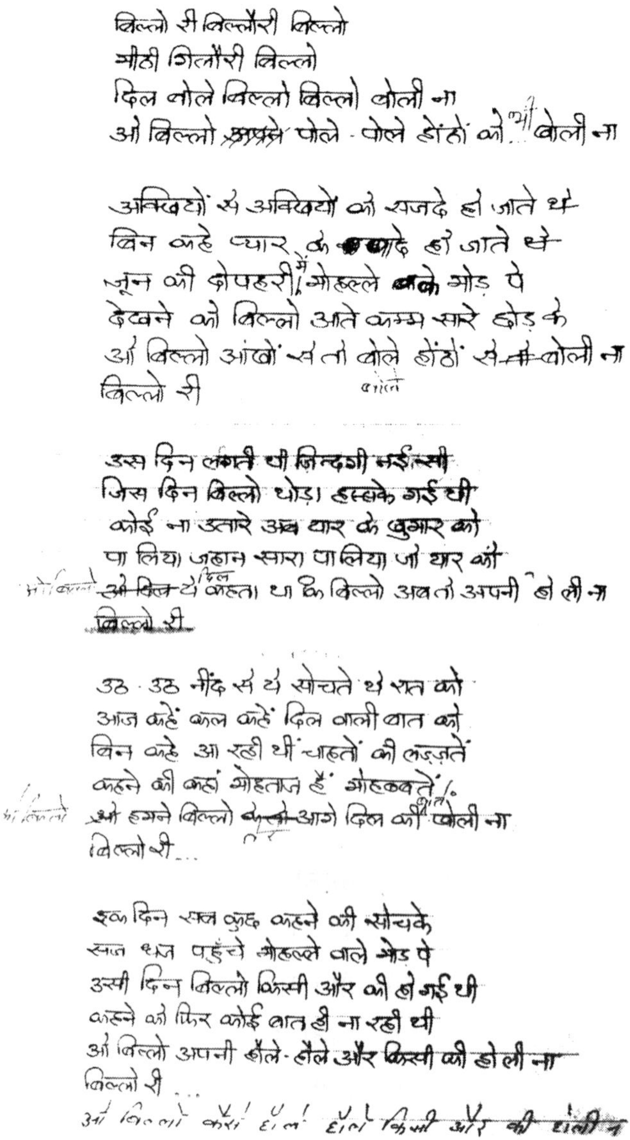
बिल्लो री बिल्लौरी बिल्लो
मीठी गिलौरी बिल्लो
दिल बोले बिल्लो बिल्लो बोली ना
ओ बिल्लो पोले-पोले होंठों को भी बोली ना

अखियों से अखियों को सजदे हो जाते थे
बिन कहे प्यार के वादे हो जाते थे
जून की दोपहरी में मोहल्ले के मोड़ पे
देखने को बिल्लो आते काम सारे छोड़ के
ओ बिल्लो आंखों से तो बोले होंठों से ना बोली ना
बिल्लो री

उस दिन लगती थी ज़िन्दगी नई-सी
जिस दिन बिल्लो थोड़ा हंस के गई थी
कोई ना उतारे अब यार के खुमार को
पा लिया जहान सारा पा लिया जो यार को
ओ बिल्लो ये दिल कहता था कि बिल्लो अब तो अपनी हो ली ना
बिल्लो री

उठ-उठ नींद से ये सोचते थे रात को
आज कहें कल कहें दिल वाली बात को
बिन कहे आ रही थी चाहतों की लज़्ज़तें
कहने की कहां मोहताज हैं मोहब्बतें
ओ हमने बिल्लो आगे दिल की खोली ना
बिल्लो री...

इक दिन सब कुछ कहने की सोच के
सज धज पहुंचे मोहल्ले वाले मोड़ पे
उसी दिन बिल्लो किसी और की हो गई थी
कहने को फिर कोई बात ही ना रही थी
ओ बिल्लो अपनी हौले-हौले और किसी की हो ली ना
बिल्लो री...
ओ बिल्लो कैसी हो ली! हो ली किसी और की हो ली ना

उस काग़ज़ की इस तस्वीर में दो लिखाइयाँ हैं, एक मेरी और दूसरी सन्देश की।

आपके लिहाज़ से जो काफ़ी कुछ होता है कई बार वो काफ़ी नहीं होता। यूँ तो मैं काफ़ी कुछ कर चुका था लेकिन वो काफ़ी नहीं था, वो जो एक ज़बरदस्त हिट होता है फ़िल्मी दुनिया की नज़र में, वो कई बार अच्छे काम से बहुत ज़्यादा ज़रूरी होता है। और ये 'ज़बरदस्त हिट' इतना मर्ज़ी का मालिक होता है कि कई बार पहले ही झटके में आ जाता है और कई बार सारी उम्र कलाकार इसकी उम्मीद में बैठा रहता है। सफ़र जितना लम्बा हो, इरादा उतना मज़बूत होना चाहिए और मंज़िल की उम्मीद उससे भी पुख्ता। इस तरह के फ़लसफ़े हमेशा बाद में समझ आते हैं। उस समय आप लगे रहते हो अपनी धुन में।

सन्देश के स्टूडियो में विचार की अँगीठी पर रोज़ एक प्रॉजेक्ट की हाँडी चढ़ती तो थी लेकिन मैं उसका हिस्सेदार नहीं था। इसकी भनक मुझे ऐसे ही स्टूडियो में आते जाते हो गयी थी। मुझे अपने बारे में ये बात कहते हुए बहुत अच्छा लगता है कि मैंने आज तक कभी किसी को नहीं कहा कि मुझे काम चाहिए। काम खुद चल कर मुझ तक आया है और जब आया तो मैंने उसे

बहुत आदर और सम्मान के साथ अपनी सिर-आँखों पर बिठा लिया। मैंने कभी सन्देश से इस चढ़ती हाँडी के बारे में नहीं पूछा। मुझे पता था कि जहाँ कहीं कुछ मेरे लायक होगा वो मुझे ख़ुद बता देगा। और आख़िर वो दिन आ गया।

'इरशाद भाई आपको पता है न मैं टी-सीरीज़ की एक एल्बम कर रहा हूँ?'

'हाँ...कैसा चल रहा है काम?'

'अच्छा है, उस्ताद सुल्तान खान साहिब मेन सिंगर हैं उसमें, बाकी कुछ अभी क्लियर नहीं।'

'हम्म'

'वो लक्की फ़िल्म वाले जो निर्देशक हैं न... राधिका राव और विनय सप्रू, वो देख रहे हैं इस प्रोजेक्ट को टी-सीरीज़ की तरफ़ से।'

'वो अच्छे हैं यार...सुन ज़रा सोहनिये सुन ज़रा...अच्छा गाना था उनकी फ़िल्म का।'

'हाँ लेकिन वो जो गीतकार है न एल्बम का...वो ज़रा वर्क नहीं कर रहा। मैंने आपका नाम लिया था आप मिलोगे उनसे?'

अगले दिन बारह बजे आ रहे थे वो दोनों सन्देश के पास। उनके आने से दस मिनट पहले पहुँच गया मैं स्टूडियो। वो दोनों आये और आते ही राधिका बोली, 'सन्देश आपकी बहुत तारीफ़ करता है'... मैंने थोड़ा

मुस्कुराते हुए कहा, 'दोस्त है, दोस्तों को दोस्तों के बारे में झूठ बोलने का पूरा हक़ है।'

दोनों मुस्कुराने लगे और राधिका मुझे समझाने लगी कि इस एल्बम में वो किस तरह के गीत चाहते हैं। बातचीत के दौरान मुझे वो काफ़ी समझदार भी लगी और प्रैक्टिकल भी। थोड़ी देर बाद उस्ताद सुल्तान खान साहिब भी आ गये वहाँ और एल्बम कैसी हो, क्या हो, जैसे विषयों पर चर्चा होने लगी। फिर सन्देश ने उनके कहने पर मुझे एक धुन सुनाई। इस धुन को खान साहिब ने थोड़ा गुनगुनाया भी। बातचीत के बाद और फिर धुन सुन कर मुझे एहसास हो गया था कि काम में मज़ा आने वाला है। मैंने धुन अपने डेक्टाफोने पे रिकार्ड की और अगले दिन आने का वादा करके चला गया।

अगले दिन गाना लिख कर लाया तो सबको बहुत पसन्द आया, बेहद पसन्द। लेकिन उसके बावजूद अन्तरों में कुछ फेरबदल हुआ। जैसे मैंने लिखा था :

अब मैं ना देखूँ और कोई
ना और किसी को तू देखे
न मैं और तू का फ़र्क़ रहे
मैं वो देखूँ जो तू देखे...

और दूसरे अन्तरे में मैंने लिखा था :

मैं चाहूँ तुझको जी भर के
और जी न भरे कभी मेरा
जो पूछे मेरा हाल कोई
अनजाने हाल कहूँ तेरा
तेरी मेरी एक सी हालत
एक सी शिद्दत एक सी चाहत...

x x x

पहले अन्तरे की 3, 4 लाइन और दूसरे अन्तरे की 3, 4, 5 लाइन को मुझे बदलना पड़ा क्योंकि राधिका और विनय महसूस कह रहे थे कि गाना थोड़ा समझने में मुश्किल हो रहा है, शायद अपने दृष्टिकोण में वो ठीक भी थे। अकसर ऐसा हो जाता है, बहुत सारी पंक्तियाँ सिर्फ़ इस डर से बदलनी पड़ जाती हैं क्योंकि निर्माता या निर्देशक को लगता है कि वो आम आदमी को समझ नहीं आयेंगी लेकिन मेरे विचार में आम आदमी उससे कहीं ज़्यादा समझदार होता है जितना बहुत से निर्माता या निर्देशक उसे समझते हैं। ख़ैर ये एक लम्बी बहस का मुद्दा है वैसे मैंने इस गीत के तकरीबन 7-8 अन्तरे लिखे लेकिन यहाँ मैं दो अन्तरों का और ज़िक्र करना चाहूँगा। क्योंकि ये दो अन्तरे भी मुझसे ज़िक्र की उम्मीद रखते हैं :

तू क्या जाने सब लोग मुझे
जब तेरी तेरी कहते हैं
ना ख़ुशी सँभाली जाती है
ना पाओं ज़मीं पे रहते हैं

और इसके अलावा एक और अन्तरा है जिसका मुखड़ा बना कर मैंने 'ए वेडनेस' फ़िल्म की एल्बम में डाल दिया था बाद में। उस अन्तरे की पंक्तियाँ यूँ थीं :

ना नज़र किसी की लग जाये
आ तुझको कहीं छुपा लूँ मैं
अब धार बना कर कजले की
आ तुझको आँख में डालूँ मैं

ख़ैर, ऐसा अकसर होता कि बहुत से मुखड़े और अन्तरे लिखे जाते हैं और अन्त में गीत सुनने वालों के सामने सिर्फ़ एक मुखड़ा और दो अन्तरे ही आते हैं। अब इस गीत के अन्त में क्या सामने आया आप ख़ुद पढ़ लीजिए।

मोरे पिया के लम्बे लम्बे केस

मोरे पिया...
मोरे पिया के लम्बे लम्बे केस
भाये जिया को पिया तोरा भेस
मोरे पिया के लम्बे लम्बे केस

तू भी तो ये चाहे, मैं भी तो ये चाहूँ
लबों पे रुकी हुई कहूँ मैं बात कोई
ओ रे पिया... कह दिया जिया तेरा हुआ

मोरे पिया के लम्बे लम्बे केस...
तुझ संग नैना लागे रे अब कौन गली जाऊँ

अब मैं ना देखूँ और कोई
ना और किसी को तू देखे
जब तू मेरा और मैं तेरी
तो और किसी को क्यों देखें
टूटें छूटें रस्में कसमें
रह पाऊँ ना अपने बस में
मुश्किल है अब चुप रहना
तेरे प्यार को ओढ़ा पहना

ओ रे पिया, ओ रे पिया, ओ रे पिया...
ओ रे पिया कह दिया जिया तेरा हुआ

मोरे पिया के लम्बे लम्बे केस
भाये जिया को पिया तोरा भेस
हाय हाय मैं चाहूँ तुझको जी भरके
और जी ना भरे कभी मेरा
मैं डूब के तेरी सोचों में
ना देखूँ साँझ सवेरा
हो गयी हो गयी ऐसी हालत
ऐसी शिद्दत ऐसी चाहत
जबसे मैं हुई तुम्हारी
भूली हूँ दुनियादारी

ओ रे पिया कह दिया जिया...
ओ रे पिया कह दिया जिया तेरा हुआ

मोरे पिया के लम्बे लम्बे केस
भाये जिया को पिया तोरा भेस
मोरे पिया...के लम्बे लम्बे केस

x x x

धूप गरम पानी की तश्तरी होती थी उन दिनों। ज़रा-सा धूप को छू लो तो तश्तरी छलक जाती थी और पसीने से तरबतर कर देती थी पूरे जिस्म को। धूप में निकलना

ज़रूरी भी होता था क्योंकि उम्र 15 की थी और लड़कियों के दोनों स्कूलों में छुट्टी डेढ़ बजे होती थी।

ऐसी ही मानसिकता होती है छोटे शहर के किशोर-युवाओं की। छोटे शहर के प्रेम में अकसर अन्दर बहुत-सी बातों का शोर और बाहर सन्नाटा होता है और बड़े शहर के प्रेम में अन्दर सन्नाटा और बाहर कॉफ़ी हॉउस में बातों का शोर होता है।

ऐसी बहुत-सी बातें चली थीं दिमाग़ में ये गीत लिखने से पहले। सन्देश की धुन पर राधिका और विनय को काफ़ी विश्वास था। और मुझे धुन ने जैसे भावनात्मक रूप से जकड़ लिया था। धुन में मुझे छोटे शहर के छोटे मोहल्लों में चुपचाप पनपने वाले कमसिन उम्र के प्यार की महक आयी और मैंने उस महक को शब्दों में ढाल कर काग़ज़ पर उतार दिया।

'बिल्लो' वो प्रेमिका है जो हर छोटे शहर के मोहल्ले में आज भी अपना नाम बदल कर रहती है।

मेरा पहला तीर 'मोरे पिया के लम्बे लम्बे केश' के रूप में चल चुका। अगर ये निशाना भी ठीक बैठ जाये तो पूरी की पूरी एल्बम तो हाथ में आयेगी ही, आगे अपना लिखा परोसने में भी आसानी हो जायेगी, यानी मेरे लिखे को बिना ग़ौर किये रद्द नहीं किया जायेगा। इस बार मैं अकेला ही था लिफ्ट में और मेरा आत्मविश्वास भी 1 से 2, 2 से 3, 3 से 4... यानी लिफ्ट के नम्बरों

की तरह बढ़ रहा था। सन्देश ने मुझे सिर्फ़ मुखड़े की धुन दी थी और मैं गीत पूरे से भी थोड़ा ज़्यादा ही लिख लाया था।

पाँच बजे की धूप स्टूडियो की खिड़की से फिसल कर उस तख़्तपोश पर गिर गयी थी जहाँ सन्देश बैठा था और सन्देश के सामने इस एल्बम के कर्ता-धर्ता, मैं जैसे ही दाखिल हुआ तो छह सवालिया आँखें और तीन रहस्यमयी मुस्कुराहटें मेरा इन्तज़ार कर रही थीं।

'इरशाद भाई कुछ करामात करके आये लगते हो' सन्देश बोला। मैंने जवाब में उसकी धुन की तारीफ़ कर दी और कुछ देर पिछले गीत की बात होती रही या शायद मैं ज़बरदस्ती करता रहा। अपने गीत के बोलों को भरपूर आत्मविश्वास के साथ मैं कभी-कभार ही रख पाता हूँ निर्माता-निर्देशक के सामने। और ये हिचकिचाहट सिर्फ़ तब ही नहीं होती थी अब भी होती है। हमेशा लगता रहता है कुछ और बेहतर लिखा जा सकता था, कुछ और अच्छा। ख़ैर आख़िरकार मैंने अपना काग़ज़ निकाला...

और गीत पढ़ने लगा। सुनाते-सुनाते ही समझ में आ गया कि...तीर चल गया जनाब। यहाँ जो गीत दिया है उसमें और मैंने जो फाइनल रिकॉर्डिंग के लिए गीत दिया था उसके सिर्फ़ आख़िरी अन्तरे में फेरबदल है। मेरा आख़िरी अन्तरा यूँ था :

इक दिन सब कुछ कहने की सोच के
सज धज पहुँचे मोहल्ले वाले मोड़ पे
उसी दिन बिल्लो किसी और की हो गयी थी
कहने को फिर कोई बात ना रही थी...

x x x

इसको मैंने उस समय थोड़ा बदला जब सन्देश ने धुन बनाई। लेकिन इस गीत में एल्बम के लिहाज़ से बहुत बड़ी समस्या थी। जब कुछ होने के बाद ध्यान में आया कि उस्ताद सुल्तान खान साहिब के गाने लायक तो इसमें कुछ है ही नहीं। तो सन्देश ने कहा, 'उस्ताद जी के लिए एक दोहा शुरू में और एक बीच में बना लेते हैं।' अब इन दोहों के चक्कर में मुझे गीत में 'कामिल' डालने का मौक़ा मिल गया। यानी 'सोचा न था' के गीत से इम्तिआज़ ने 'कामिल' निकाल कर जो ख़लिश पैदा कर दी थी वो सारी भड़ास मैंने यहाँ निकाली।

बिल्लो

'कामिल' क़िस्से प्यार के ज्यों वीणा के तार
छेड़ो तो मन प्राण में कर देते झंकार

बिल्लो री बिल्लौरी बिल्लो
मीठी गिलौरी बिल्लो
दिल बोले बिल्लो

बिल्लो बोली ना
ओ बिल्लो पोले पोले होंठों को भी खोली ना,
खोली ना...

अखियों को अखियों से सजदे हो जाते
यार की गली में ही दिल छोड़ आते
जून की दोपहरी में मोहल्ले के मोड़ पे
देखने को बिल्लो आते कम्म सारे छोड़ के
हो बिल्लो, आँखों से तो बोले
पोले होंठों से बोले ना
बिल्लो री...

उस दिन लगती थी ज़िन्दगी नयी सी
जिस दिन बिल्लो थोड़ा हँसके गयी थी
कोई ना उतारे अब यार के खुमार को
पा लिया जहान सारा पा लिया जो यार को
उठ उठके नींद से, सोचते थे रात को
आज कहें कल कहें दिल वाली बात को
बिन कहे आ रही थी, चाहतों की लज़्ज़तें
कहाँ मोहताज हैं कहने की चाहतें
हो बिल्लो...

हो बिल्लो, हमने तेरे आगे अपने दिल की बातें
खोली ना
बिल्लो री...

'कामिल' करते जाइये प्रीत रीत की बात
चाहे प्रीतम छोड़ दे प्रीत न छोड़े साथ

चली गयी बिल्लो नाता और संग जोड़के
अब क्या बचा है मोहल्ले वाले मोड़ पे
अनकही रह गयीं यार की मोहब्बतें
यार की मोहब्बतें दिल की इबादतें
हो बिल्लो...

बिल्लो री बिल्लौरी बिल्लो
मीठी गिलौरी बिल्लो
दिल बोले बिल्लो
बिल्लो बोली ना
ओ बिल्लो पोले पोले होंठो को भी खोली ना,
खोली ना...

x x x

दो गीत हुए तो धीरे-धीरे एल्बम का रंग समझ में आने लगा । ये एल्बम मोहब्बत की है, इसमें रात है, तड़प और कसक है, मिलन की ख़्वाहिश है और अतृप्तता है। आख़िर बुजुर्गों की बात समझ में आ ही गयी कि दिशा मिल जाये तो सफ़र आसान हो जाता है। इसी विषय को ध्यान में रखते हुए सन्देश की अगली ख़ूबसूरत धुन पर

काम शुरू किया मैंने। इस धुन पर पाँच मुखड़े बनाये थे मैंने लेकिन पसन्द करने वालों को, किसी का नाक पसन्द आ गया और किसी की आँख, किसी के होंठ तो किसी के गाल। मैंने उनकी पसन्द का ध्यान रखते हुए इन मिलेजुले नैन-नक़्श से भी एक मुखड़ा बना दिया लेकिन दूसरी लाइन की शुरुआत के दो लफ़्ज़ ऐसे फँसे कि आने का नाम ही नहीं ले रहे थे। ऐसा अकसर होता है। पूरा गाना दोबारा लिखना आसान होता है लेकिन लिखे हुए गाने की मरम्मत करना बहुत ही मुश्किल।

एक दिन काफ़ी मेहनत-मशक्कत के बाद जब म्यूज़िक सिटिंग यानी सांगीतिक बैठक ख़त्म होने वाली थी तो पंजाब से मेरे दोस्त तेजवंत किट्टू का फ़ोन आ गया। मैंने फ़ोन उठाते ही कहा, 'किट्टू रातीं गल्ल करदाँ किसे मीटिंग च' आँ।' जैसे ही मैंने फ़ोन रखा राधिका कहती, 'इरशाद जी मुखड़े की दूसरी लाइन में 'रातीं' शब्द नहीं आ सकता?' मैंने कहा क्यों नहीं 'रातीं रातीं मैं भीगूँ साथ में, तू ऐसी मुलाक़ात दे जा' ने मुखड़ा पूरा करवा दिया।

ले जा ले जा

ले जा ले जा रे महकी रात में चुराके सारे रंग ले जा
रातीं रातीं मैं भीगूँ साथ में तू ऐसी मुलाक़ात दे जा

नी मुइये मन मैला, फिर मन मैला
क्या करना ऐसा रंग गोरा
जो पिया न रिझाए

नी मुइए मन मैला
मन मैला क्या करना है ऐसा
ना भाये पिया को
तन गोरा क्या करना है ऐसा

ले जा ले जा महकी रात में चुराके सारे रंग ले जा
रातीं रातीं मैं भीगूँ साथ में तू ऐसी मुलाक़ात दे जा
लेजा लेजा, लेजा लेजा रे, लेजा लेजा हा रे...

चाहूँ पास पास आना
कोई ढूँढ़ के बहाना
तुम्हें अपना माना
चाहे रूठे ये ज़माना
चाहे मारे जग ताना
तुमको है पाना
नी मुइए सारी रातों की
कहानी कोई तो होगी
जो जागें तारे रातों को
या जागे जोगी

नी मुइये होती हैं
कुछ बातें होती हैं रातों में
जो जागे है जोगी
या तारे जागे हैं रातों में...
लेजा लेजा रे महकी रात में चुराके सारे रंग लेजा
रातीं रातीं मैं भीगूँ...

x x x

एक बहुत ज़रूरी तथ्य इस एल्बम का यह है कि इस एल्बम की शुरुआत और विचार ऐसे बना था कि अगर उस्ताद सुल्तान खान साहिब और फाल्गुनी पाठक को साथ लेकर एल्बम बनाई जाये तो उसका क्या रंग होगा? जी हाँ इस पूरी एल्बम को पहले ये दोनों गायक ही गाने वाले थे। शुरू की बैठकों में फाल्गुनी पाठक भी सांगीतिक बैठकों में आती थी। लेकिन जो कम्पनी ये एल्बम बना रही थी उसके साथ फाल्गुनी पाठक की नहीं जमी। कारण ज़ाहिर है यही होगा कि दोनों को एक-दूसरे की शर्तें मंजूर न होंगी। लेकिन इस बात ने सन्देश को काफ़ी नाराज़ कर दिया। और किसी वजह से नहीं सिर्फ़ सृजनात्मक दृष्टिकोण की वजह से। शायद वो डर गया होगा कि जिस एल्बम को उसने एक ख़ास अन्दाज़ में डिज़ाइन किया है वो डिज़ाइन और रंग किसी वजह से फ़ीका ना पड़ जाये। फ़िल्म इण्डस्ट्री में ज़ाती क़िस्म की

नाराज़गियाँ कोई मायने नहीं रखतीं। आखिर सन्देश ने भी अपनी नाराज़गी किनारे कर दी।

ख़ैर, अब एल्बम को रंग मिल चुका था—रात का रंग, तड़प का रंग, मिलन की ख़्वाहिश का रंग। अगले गाने की धुन जब फाइनल हुई तो मुझे लगा कि इस धुन में ये तीनों रंग बक़ायदगी से भर देते हैं। मेरी इस बात पर सबसे पहले हामी सन्देश ने भरी। विनय और राधिका अभी इस विषय पर और बात करना चाह रहे थे कि कथित रंग कैसे खिल कर सामने आयेंगे इस बार। मुझे गीत के विषय पर खुलके बात करना अकसर अच्छा लगता है। उसके दो स्पष्ट फ़ायदे होते हैं, पहला फ़ायदा तो ये कि मुझे समझ में आता है कि सामने वाले को चाहिए क्या? और दूसरा फ़ायदा जो बड़ा फायदा होता है वो ये कि सामने वाले को भी समझ में आता है कि असल में 'उसे' क्या चाहिए। विषय की चर्चा में सन्देश के दफ़्तरी लोकनाथ जी ने चाय का एक दौर और चलवा दिया। बातचीत इतनी अच्छी हो गयी कि मेरे लिए गीत लिखना काफ़ी आसान हो गया। मैंने रात को बैठ कर काग़ज़ पे ये गीत उतार दिया। अगले दिन हल्का विचार-विमर्श हुआ तो इस बात पर कि सुनने वालों को 'वास्ते' शब्द समझ में आयेगा या नहीं। अब पता नहीं आपको ये शब्द समझ में आया या नहीं मैंने तो गीत में इस्तेमाल कर लिया।

हाय रे

हाय रे रात भर जागती हूँ तेरे वास्ते
आ रहा है मज़ा प्यार का आस्ते आस्ते

जलके धुआँ हो जाऊँ, कैसे भला सो पाऊँ
जलना मेरा तेरे लिए, जगना मेरा तेरे लिए
मैं ढूँढूँ मिलन के नये रास्ते

हाय रे रात भर जागती हूँ तेरे वास्ते
आ रहा है मज़ा प्यार का आस्ते आस्ते
चारों तरफ़ जो देखूँ तो, वो कहीं नज़र ना आये
आँखें बन्द करूँ तो, पल में पास पिया आ जाये
रंगरंगीला छैल छबीला, छेड़े मुझको तोड़े मुझको

चाहतों की मारी, हारी मैं तो हारी
प्यार है तुम्हारा, नींद भी तुम्हारी
मान जा तू जला ना मुझे इस तरह
या बता दे मनाऊँ तुझे किस तरह
बन गयी है मेरी जान पे देख ले
तू कभी तो मेरी मान के देख ले
हाय रे रात भर जागती हूँ तेरे वास्ते
आ रहा है मज़ा प्यार का आस्ते आस्ते

जलके धुआँ हो जाऊँ, कैसे भला सो पाऊँ
जलना मेरा तेरे लिए, जगना मेरा तेरे लिए
मैं ढूँढूँ मिलन के नये रास्ते...

x x x

व्यावसायिक सृजनात्मक लेखन का शायद यही मज़ा है कि हर नयी सुबह का सूरज एक नये संघर्ष का ऐलान करता है। ये बात जितनी उन दिनों सही थी उतनी ही आज है और शायद हमेशा सही रहेगी। 'हाय रे' गीत जितनी आसानी से निकल गया था 'रंगीलो रुत' गीत ने उतना ही भटकाया मुझे। मैं धुन लेकर सन्देश के युगधर्मा स्थित ऑफ़िस से नीचे उतरा तो चेहरे पर एक विश्वास था। शाम सड़कों पर ट्रेफ़िक के रूप में पसर चुकी थी। मैंने ऑटो पकड़ा और अपने घर की तरफ़ चल निकला एक मुस्कराहट के साथ। ये मुस्कराहट शायद उसी विश्वास ने दी थी, विश्वास इस बात का होने लगा था शायद कि अब मुझे लिखना आ गया है, मैं अच्छे गीत लिख सकता हूँ। रोज़ की तरह रात को लिखने बैठा तो काफ़ी सोच-विचार के बाद ये आया काग़ज़ पर :

सलीका लुट जाने का तू जान ले
तरीका लुट जाने का तू जान ले
दिल का दाव लगा कर दिल पे
मर्ज़ी से मर्ज़ी से दिल हारें सारे हारें तू भी जान ले
सलीका लुट जाने का तू जान ले

खेल दिलों का एक इबादत खेलूँ तेरे साथ मैं
अपने आप को हँसते हँसते दे दूँ तेरे हाथ मैं
तू भी मुझको दिल से अपने
अपना ले अपना ले... सलीका लुट...

x x x

तो जनाब मैं उसी विश्वास के साथ अगले दिन गीत लेकर गया। सन्देश उसी तरह तख्तपोश पर बैठा था। राधिका और विनय हर बार की तरह कुर्सियों पर बैठे थे और मैं भी जाकर सन्देश के साथ बैठ गया। आज विनय ने कहा, तो दिखाइये क्या जलवा है इरशाद भाई। मैंने इधर-उधर की बात के बाद उसी नज़ाकत से डायरी खोली काग़ज़ निकाला और गीत पढ़ना शुरू किया। गीत सुनके सबके चेहरे उतर गये। 'नहीं इरशाद भाई बात कुछ बनी नहीं।' सन्देश ने सर हिलाते हुए कहा। लेकिन सन्देश के कहने से पहले ही मेरा विश्वास झाग की तरह बैठ चुका था कि मुझे लिखना आता है। तब मुझे समझ में आया कि अच्छा लिखना आते-आते आता है, ये कोई रातों रात होने वाला करिश्मा नहीं। आज सन्देश के ऑफ़िस से नीचे उतरा तो चेहरे पर जो कल विश्वास था वो मायूसी में बदल चुका था। अगले दिन मैं ये दो विकल्प लेकर फिर गया :

ज़माने सब भूले तेरे प्यार में
फ़साने सब भूले तेरे प्यार में
याद नहीं तू याद नहीं तू
कह कहके कह कहके दिल हारे हाँ रे हारे तेरे प्यार में

झूठा है दिल पता है मुझको फिर भी सच्चा लगता है
भूल गये हैं तुझको ऐसा कहना अच्छा लगता है
इक पल भी दिल भूल न पाये
हालाँकि हालाँकि...ज़माने सब...

x x x

और जो दूसरा विकल्प था उसमें थोड़ा उर्दू मिला दिया था मैंने, वो ये था :

आग़ोश-ए-दिल ख़ाली तेरे बाद में
सुकून-ए-दिल खोया तेरे बाद में
देख कहीं न मुझको ऐसे
तन्हाई-तन्हाई अब मारे न रे हारे तेरे प्यार में

x x x

अब इस बात का एहसास हो रहा है कि दोनों विकल्पों में बेशक़, कुछ भी पसन्द आने लायक नहीं था। एक बार फिर चर्चा शुरू हो गयी धुन पर, गीत के विषय के लिए रास्ते की तलाश फिर होने लगी। तभी बातों-बातों में राधिका ने कहा क्यों न हम इस धुन में 'र' शब्द का इस्तेमाल ज़्यादा करें। कुछ ऐसी बात लिखी जाये

जिसके हर शब्द में कहीं न कहीं 'र' हो। विचार काफ़ी उत्तेजक था और चुनौतीपूर्ण भी। राधिका की संगीत को लेकर जो समझ है मैं उसकी काफ़ी कदर करता था भी और करता हूँ भी। सब उसके विचार से सहमत हुए तो 'रंगीलो रुत' लिखा गया। अगर आप इसके बोलों पर ध्यान देंगे तो आपको अन्दाज़ा होगा इस गीत में कितने 'र' हैं।

यहाँ मैं उस तीसरे अन्तरे का ज़िक्र भी करना चाहूँगा जो रिकॉर्ड नहीं हुआ। वो अन्तरा था :

प्रीत के बदले रूप तू मेरा ढोला गिरवी रखले रे
तेरे लायक रूप नहीं है रखले फिर भी रखले रे
राग रंग में रूप ख़ुशी से... हारे रे... हारे रे...
रंगीलो रुत आयो

x x x

अब ज़रा उन बोलों पर भी नज़र मार लीजिए जो रिकॉर्ड हुए थे और जिनको साउथ की गायिका, के. एस. चित्रा जी ने और सुल्तान खान साहिब ने ख़ूबसूरत बना दिया।

रंगीलो रुत

रंगीलो रुत आयो म्हारो गाँव रे,
सुहानो रुत आयो म्हारो गाँव रे
ओ ढोला तैनू मना करेछु

परदेसां परदेसां मत जारे जारे, आरे म्हारे गाँव रे
सुहानो रुत आयो म्हारो गाँव रे
रंगीलो रुत आयो म्हारो गाँव रे
सुहानो रुत आयो म्हारो गाँव रे

रोज़ रोज़ यूँ रूठ रूठके कर ना तू तकरार रे
रुत ना रसिया प्रीत करन की आये बारम बार रे
रंग बिरंगे रस्ते रोके सारे रे रे, सारे रे रे...
रंगीलो रुत आ यो म्हारो गाँव रे
सुहानो रुत आयो म्हारो गाँव रे

रस्ता तेरा रोक रही हूँ, मान मेरी मजबूरी रे
रुक जा रुक जा, रहने दे तू सारे काम ज़रूरी रे
धीरे धीरे बिरहा तेरा मारे रे रे, मारे रे रे...
रंगीलो रुत आयो म्हारो गाँव रे
सुहानो रुत आयो म्हारो गाँव रे

सावन रुत आयो, थारी याद सताए
थारी याद सताए...थारी याद सताए

x x x

'उस्ताद एण्ड दिवा' एल्बम का आख़िरी गीत था 'हाणियाँ' और इस गीत तक पहुँचते-पहुँचते शायद हमारी सृजनात्मक प्रतिक्रिया की भूख शान्त हो गयी थी। राधिका और विनय

एक नयी कम्पनी वाई बी आर रिकार्ड्स, जो कि शायद टी-सीरीज़ की ही सिस्टर कन्सर्न थी, में बैठने लगे थे। वहीं जाकर मैंने और सन्देश ने ये गीत सुनाया था जो पहली बार में ही पसन्द आ गया।

हाणियाँ

यारियाँ तुम्ही से लग्गीयाँ
हाणियाँ यारियाँ, यारियाँ तुम्ही से लग्गीयाँ
हाणियाँ यारियाँ, यारियाँ तुम्ही से लग्गीयाँ

तू चाहे लाख कर इनकार, मैंने तो तुम्ही से प्यार करना है
बनी हूँ मैं तेरी ख़ातिर, यही इकरार सौ सौ बार करना है
मानो ना मानो मैं दीवानी तेरी हुई होए होए
हाणियाँ यारियाँ तुम्ही से लाणियाँ
अखियों में तू बस दा
मेरी ज़िन्दगी तू माही रे

सारी ही शामें सारे सवेरे, नाम ख़ुशी से कर दिये तेरे
चाहत तू हसरत भी तू है, प्यार की मेरे किस्मत तू है
चाहे लाख कर इनकार, मैंने तो तुम्ही से प्यार करना है
तेरे सपनों में जीना है, तेरी बातों पे ऐतबार करना है

मानो ना मानो मैं दीवानी तेरी हुई होए होए
हाणियाँ यारियाँ तुम्ही से लाणियाँ

अखियों में तू बस्दा, मेरी जिन्दडी तू माही वे
होए अखियों में तू बस्दा, ओ मेरी जिन्दडी तू माही वे

हो इतना तो मेरे दिल को यक़ीं है, और तेरे जैसा
कोई नहीं है
तू दुनिया में सबसे जुदा है, तुझपे मेरा प्यार फ़िदा है
चाहे लाख कर इनकार, मैंने तो तुम्ही से प्यार करना है
मिला ना एक जो तू ही, तो मुझको क्या भला
संसार करना है
मानो ना मानो मैं दीवानी तेरी हुई होए होए
हाणियाँ यारियाँ तुम्ही से लाणियाँ
यारियाँ तुम्ही से लग्गीयाँ

x x x

इस एल्बम की बात उन दो संगीतकारों के बिना पूरी नहीं होगी जिन्होंने इस पूरी एल्बम को निखार सा दिया। वो हैं, सलीम-सुलेमान जिन्होंने इस एल्बम का म्यूज़िक अरेंजमेण्ट किया था। मैं ये दावे के साथ कह सकता हूँ कि उनका इस एल्बम में काम उनके बेहतरीन कामों में से एक है।

देव की 'देवकी'

चण्डीगढ़ के सेक्टर सोलह की सरहद पर पहुँचते ही मेरा दिल धौंकनी की तरह चलने लगा। इसी सेक्टर में रहती थी वो, मार्किट में स्टेशनरी की दुकान थी उनकी, दुकान के ऊपर ही घर था। क्या पता आज दिख ही जाये, जानता हूँ उसकी शादी बरसों पहले ही हो गयी थी, फिर भी उम्मीद तो कर ही सकता हूँ कि शायद अपने मायके आयी हो, शायद मेरी किस्मत अच्छी हो आज, शायद कोई इत्तेफ़ाक़ बन जाये। अगर वो सचमुच दिख गयी तो? मैं...मैं मुस्कुराऊँगा, उसे देखके भी अनदेखा कर दूँगा या...या रोक कर पूछूँगा कि कैसी हो?

हल्की उतरती सर्दी में अपने अंगूरी हरे वैस्पा स्कूटर पर ये सब सोचता हुआ अब मैं तक़रीबन उस मार्किट में पहुँच गया था जहाँ इस देव की देवकी रहती थी कभी। इसी मार्किट के सामने गाँधी भवन था जहाँ असल में मुझे आना था। गाँधी भवन में उन दिनों एक निर्देशक अपने नये नाटक 'जिस लहौर नी वेख्या' की रिहर्सल किया करता था। इसी दौरान मेरी दो ख़ूबसूरत इनसानों से मुलाकात हुई। एक, आल इण्डिया रेडियो के जैनेन्द्र सिंह से और दूसरे (उन दिनों) इण्डियन एक्सप्रेस में काम करने वाले विजय कपूर से।

जिन दिनों ख़ुदा मुझे मुम्बई में रहना और जीना सिखा रहा था उन्हीं दिनों मुझे अचानक विजय कपूर का फ़ोन आया कि मैं मुम्बई आया हुआ हूँ। मेरी ख़ुशी का ठिकाना रहना मुश्किल था। इस महानगर में अचानक आपको पुराना दोस्त मिल जाये तो ऐसा लगता है जैसे राहत की साँस का ख़ज़ाना मिल गया हो। मुझे भी यही महसूस हुआ। हम मिले तो इधर-उधर की बातों के बाद पता चला कि वो इन दिनों जिस कम्पनी में काम करते हैं वो एक फ़िल्म बना रही है फेस्टिवल्ज़ के लिए जिसमें उनको एक गीत चाहिए। विजय ने कहा, 'तुम अब बहुत मुम्बई के हो गये हो, गीत संगीत की लाइन के भी हो तो तुम इसकी ज़िम्मेदारी ले लो।' उसकी बात पर थोड़ा सोचकर मैंने कहा ये गीत अमर हल्दीपुर जी के साथ करते हैं।

मैं यहाँ आपकी जानकारी के लिए ज़िक्र कर दूँ कि ये वही संगीतकार हैं जिन्होंने अपने भागीदार उत्पल के साथ मिल कर अमर-उत्पल की जोड़ी के तहत 'शहनशाह' जैसी कई बड़ी फ़िल्मों का संगीत दिया था। अमर हल्दीपुर जी के साथ मेरी मुलाकात गायक विनोद सहगल ने करवाई थी। ख़ैर अमर हल्दीपुर जी ने हमेशा मेरी कदर की है उनके साथ मैंने पहली ऐसी एल्बम की थी मुम्बई में जिसमें सारे गीत मेरे थे। यह टाइम्ज़ म्यूज़िक का सूफ़ियाना एल्बम

'रब्बा' था जिसे जसपिन्दर नरुला ने गाया था। अमर जी ने अगले दिन मुझे और विजय कपूर को अपने संगीत स्टूडियो बुलाया।

मैं और विजय रिसेप्शन पर बैठे इन्तज़ार कर रहे थे। मैं विजय को बॉम्बे के अपने तजुर्बों के बारे में बता रहा था और वो चण्डीगढ़ की ख़बर दे रहा था। गीत का हुक 'नईयों नईयों' मैं दे चुका था अमर जी को और वो इसे धुन में ढालने में लगे हुए थे। मैंने अचानक विजय से सवाल कर दिया, 'ये देवकी फ़िल्म बनाने के पीछे मकसद क्या है?' उसने अपनी मर्दाना मूँछों पर हाथ फेरते हुए कहा, 'फेस्टिवल्ज़, जिस कम्पनी में हूँ वो पहले तजुर्बा करना चाहती है फिर और भी फ़िल्में बनाएगी।' इससे पहले कि बात और आगे बढ़ती अमर जी बाहर आ गये स्टूडियो से, वो अपना काम कर चुके थे। गाना बन गया, जिसे जयश्री जी ने गाया, फ़िल्म भी बन गयी लेकिन मेरा सबसे बड़ा हासिल ये था कि मैंने कुछ दिन मुम्बई में विजय कपूर के साथ बिताये 'जिस लहौर नी वेख्यिा' के रिहर्सल के दिनों को याद करते हुए, सेक्टर सोलह को याद करते हुए और उस स्टेशनरी की दुकान को याद करते हुए जिस पर 'उसका' घर था।

नईयों नईयों

नईयों नईयों नईयों नईयों
दिल नईयों नईयों नईयों करता है
सजन की गली में जाने से...नईयों...

सजना है सौदाई थामेगा कलाई
दूँगी मैं दुहाई होगी ना रिहाई

सौदा महँगा बड़ा ही पड़ता है
सजन की गली में जाने से
दिल नईयों नईयों

पहले करेगा वो तो मीठी मीठी बातें
पूछेगा कब होंगी प्यार वाली रातें
ला के अंगना वो देगा कंगना वो
फिर चाहेगा रंग रंगना वो

ऐसी बातों से जी डरता है
सजन की गली में जाने से
दिल नईयों नईयों नईयों करता है

आधा-सा वादा

तकरीबन तीन साल हो गये थे इम्तिआज़ को 'सोचा न था' बनाये। ऐसा नहीं था कि उसके प्रोजेक्ट शुरू नहीं हुए थे, कई हुए लेकिन किसी न किसी कारण वो पूरे नहीं हो सके। मैंने कहा, बहुत 'अच्छा है यार ये तो बन ही जानी चाहिए।' उसने कहा, 'मैंने अष्टविनायक वालों से बात भी कर ली है उनको इस [illegible] तुम्हारे गाने लिखने पर कोई एतराज़ नहीं है, लेकिन सन्देश के लिए राज़ी नहीं हो रहे वो।

ਸਗ ਪਿਆਰ ਕੀਤਾ ਨੀ ਸਗ ਪਿਆਰ ਕੀਤਾ
ਸਏਂ ਧਿਆਨ ਤੁਸਾਂ ਤੇ ਇਕ ਪਿਆਰ ਕੀਤਾ
ਇਕ ਸਾਰ ਉਡਾਰੀ ਪਿਆਰ ਕੀਤਾ
ਤੁਸੀ ਮੌਜਾਂ ਹੀ ਮੌਜਾਂ... ਓ ਤੁਸੀ ਤਾਂ ਮੌਜਾਂ ਹੀ ਮੌਜਾਂ

ਤੁਸੀ ਦਿਲ ਤੇ ਸਾਡੇ ਅੰਸਰ ਕੀਆ
ਇਸਦੇ ਵਿਚ ਲੱਖਾਂ ਰਾਤਾਂ ਨੇ
ਕੋਈ ਤਸਵੀਰ ਇਸ਼ਕੀ ਤੇ ਸਾਡਾ
ਸਾਰੀ ਦੀਆਂ ਮਿਠੀਆਂ ਬਾਤਾਂ ਨੇ
ਧੁਨ ਸਾਡਾ ਸੀ ਜੋ ਰਾਜ਼ਰ ਕੀਆ
ਮੈਂ ਨੂੰ ਕਿਸਰ ਕੀਆ ਨੀ ਮੈਂ ਨੂੰ ਕਿਸਰ ਕੀਆ
ਇੱਕ ਸਾਰ ਉਡਾਰੀ ਪਿਆਰ ਕੀਆ
ਤੁਸੀ ਮੌਜਾਂ ਹੀ ਮੌਜਾਂ...

Cocktail
Bombaya Hindi
Hindi ka Tod

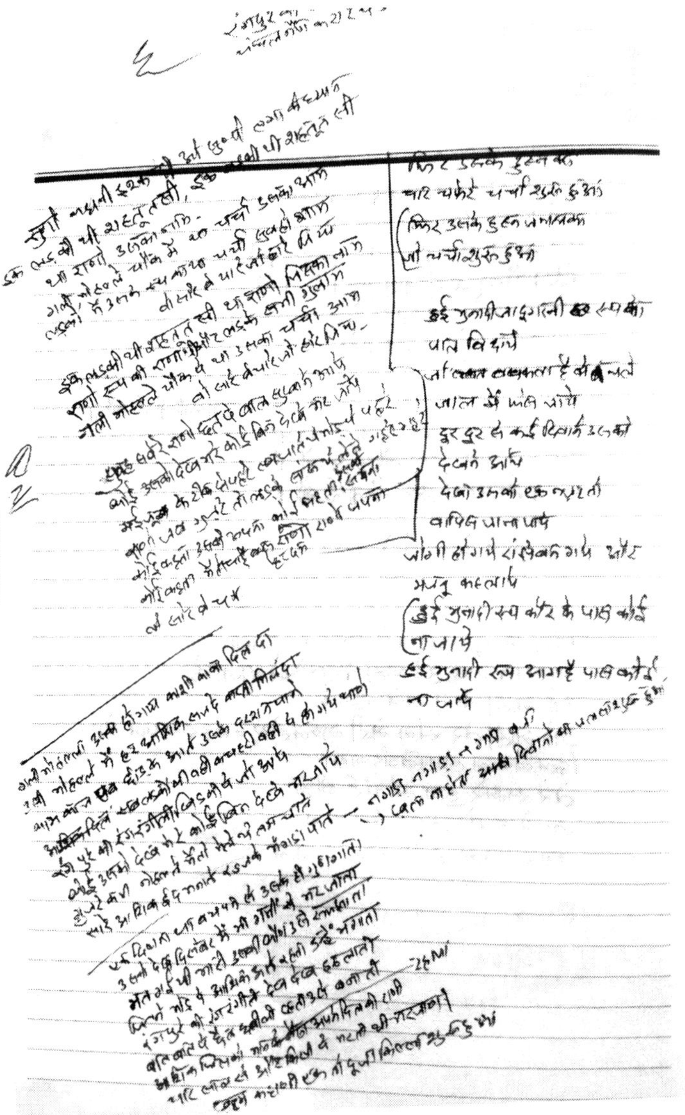

मेरी भरी जवानी वे रान्झाना ज्यों गन्ने दी पोरी
नैना नु समझा ले एह करदे रूप मेरे दी चोरी

खुश था ज़िन्दगी अच्छी चल रही थी। लेकिन बहुत से मेरे अपनों को इस बात का यक़ीन नहीं था कि मैं खुश हूँ और ज़िन्दगी अच्छी चल रही है। उसकी वजह वही थी जिसका मैं पहले ज़िक्र कर चुका हूँ। मेरे लिखे गीत चर्चा में आ रहे थे लेकिन मेरी कोई फ़िल्म बॉक्स ऑफ़िस पर धमाल नहीं कर रही थी। वो हिट नहीं मिल रहा था जिसकी मुझे ज़रूरत थी, जिसका अब मैं हर लिहाज़ से हक़दार समझता था अपने आपको। लेकिन जब जो होना है तभी होना है। गीता में कहा ही गया है. ..'कर्मण्येवाधिकारस्ते मा फलेषु कदाचन। मा कर्मफलहेतु भूर्मा ते संगोस्त्वकर्मणि।।'

x x x

दिन अपनी गठरी समेत कर जा रहा था और शाम ने पाँव पसार लिए थे। मेज़ पर कॉफ़ी हाउस की कॉफ़ी आ चुकी थी। मेज़ गोल था, कप और प्लेट गोल थे लेकिन बात बिल्कुल सीधी और सपाट थी 'शाहिद और करीना को मेरी ट्रेन वाली स्क्रिप्ट बहुत पसन्द आयी, अष्टविनायक फ़िल्म्स भी तैयार हैं पिक्चर बनाने के लिए',

कहने के बाद इम्तिआज़ ने मेरी तरफ़ देखा और अपनी काली चाय का पहला घूँट इत्मीनान से भरा। मेरे चेहरे पर मुस्कुराहट आ गयी। तकरीबन तीन साल हो गये थे इम्तिआज़ को 'सोचा न था' बनाये। ऐसा नहीं था कि उसके प्रोजेक्ट शुरू नहीं हुए थे, कई हुए लेकिन किसी न किसी कारण वो पूरे नहीं हो सके। मैंने कहा, बहुत 'अच्छा है यार ये तो बन ही जानी चाहिए।' उसने कहा, 'मैंने अष्टविनायक वालों से बात भी कर ली है उनको इस फ़िल्म में तुम्हारे गाने लिखने पर कोई एतराज़ नहीं है, लेकिन सन्देश के लिए राज़ी नहीं हो रहे वो। कहते हैं प्रीतम के साथ फ़िल्म करो। उसकी धूम ताज़ी ताज़ी हिट हुई है न। प्रीतम भी अपना दोस्त ही है, टीवी के दौरान काम भी कर चुका हूँ मैं उसके साथ।' मैंने कहा, 'मैंने भी 'भरम', 'दे दना दन' और एक-आध फ़िल्म में काम किया है उसके साथ हाल फिलहाल में। बहुत अच्छा बन्दा है।' इम्तिआज़ बोला, 'शायद बिज़ी है वो बस यही डर मुझे रोक रहा है कि कहीं ऐसा न हो कि वो मेरी फ़िल्म को टाइम ही न दे पाये।' मैंने कोई जवाब नहीं दिया। मुझसे ज़्यादा तो प्रीतम, इम्तिआज़ का दोस्त था। मैंने सिर्फ़ इतना ही कहा कि, 'प्रीतम दिल का साफ़ है तुम बात करोगे तो वो साफ़-साफ़ बता देगा कि वो फ़िल्म को वक़्त दे पायेगा या नहीं।' इम्तिआज़ बोला, 'पिछली पिक्चर सन्देश के साथ की थी, उसको छोड़ना

भी सही नहीं लगता पर प्रोड्यूसर समझने को तैयार ही नहीं मेरी बात। चलो देखते हैं क्या होता है।' कॉफ़ी ख़तम हो गयी, बात भी ख़तम हो गयी और उस शाम हमारा मिलने का वक़्त भी। अभी कुछ फिक्स नहीं था कि इम्तिआज़ की अगली फ़िल्म में संगीतकार कौन होने वाला है। लेकिन मैं ख़ुश था क्योंकि निर्माता ने मेरे नाम पर एतराज़ नहीं जताया था।

x x x

कुछ दिनों बाद मैं और इम्तिआज़ फिर मिले और पता चला कि अभी भी कुछ साफ़ नहीं है। क्योंकि प्रीतम के पास बहुत काम है और सन्देश के लिए निर्माता हाँ नहीं कह रहा। समस्या वहीं की वहीं है। उस दिन ऐसे ही बातों-बातों में इम्तिआज़ ने पूछा, 'तुमने विशाल-शेखर के साथ भी काम किया है न?' मैंने हाँ में सर हिलाया। वो बोला, 'तू उनसे पूछ के आ क्या वो वक़्त देंगे इस फ़िल्म को?' मैंने फिर हाँ में सर हिला दिया।

काले बूट सीढ़ियाँ चढ़ रहे थे। बूट मेरे थे।

पहली बार फ़िल्म से सम्बन्धित कोई इतनी बड़ी ज़िम्मेदारी मुझ पर आयी थी। पहली बार किसी संगीतकार के पास कोई फ़िल्म लेकर जा रहा था।

सीढ़ियाँ ख़तम हो गयीं, घण्टी बज गयी, दरवाज़ा खुल गया।

पल भर बाद, मैं था, मेरे हाथ में चाय का कप था और सामने विशाल और शेखर थे। मैं उनके सामने इम्तिआज़ की फ़िल्म रख चुका था और वो फ़िल्म न करने की मजबूरी, व्यस्तता बता चुके थे।

x x x

काले बूट सीढ़ियाँ उतर रहे थे। बूट मेरे थे।

फ़िल्म के संगीतकार का फ़ैसला अभी भी हवा में लटक रहा था।

फिर कुछ और दिनों बाद इम्तिआज़ ने बताया कि बहुत अच्छा इन्तज़ाम हो गया है। कुछ मैं माना कुछ निर्माता यानी प्रीतम व्यस्त होते हुए भी हमें तीन गाने करके देगा और बाकी के तीन गाने सन्देश करेगा बशर्ते वो निर्माता को पसन्द आ जायें।

'दोनों संगीतकार इस बात के लिए मान गये' मैंने उत्सुकता से पूछा। उसने कहा, 'हाँ दोनों से मेरी बात हो गयी। दोनों अपने दोस्त ही हैं।'

तो जनाब इस तरह तय हुए 'जब वी मेट' फ़िल्म के संगीतकार।

इस फ़िल्म की तैयारी के लिए निर्देशक के पास एक महीने से भी कम का समय था। मुझे और संगीतकारों को कहानी सुनाकर वो रेकि (शूटिंग के लिए जगह ढूँढ़ना) के लिए मनाली चला गया। मैं दोनों संगीतकारों के साथ काम पे लग गया। लेकिन निर्माता तो निर्माता होता है

उसने सन्देश से सिर्फ़ एक गीत लिया। जब प्रीतम पर बाकी पाँच गीतों का बोझ आया तो इम्तिआज़ ने प्रीतम से कहा कि मैं मनाली में हूँ तुम और इरशाद भी मनाली आ जाओ हम यहाँ म्यूज़िक बनाते हैं फ़िल्म का।' प्रीतम मान गया, मैं तो माना-मनाया ही था।

सब तय हो गया। मुम्बई से दिल्ली की फ्लाइट, दिल्ली से कुल्लू की, फिर तीनों मिलकर संगीत बनाएँगे। प्रीतम ने मुझे कहा इरशाद भाई मैं रात को देर तक काम करूँगा इसलिए मैंने अपनी लेट फ्लाइट करवाई है आप और आशीष जल्दी निकल जाना। आशीष पण्डित, प्रीतम का सहायक था उस समय। साल-डेढ़ साल हो गया था मुझे आशीष को जानते हुए और हम दोनों में अच्छी छनती थी। शायद इसलिए क्योंकि उसको गीतकारी की समझ थी, अब भी है। उसने खुद भी कई अच्छे गीत लिखे हैं।

x x x

कुछ करने की इच्छा या जो सोच रहे हो वह कैसे होगा यह जानने की इच्छा करवटों में रात बिताने के लिए मजबूर कर देती है। करवट-करवट काटी हुई रात दिन से शर्माती हुई अपना आँचल समेट रही थी। फ़रवरी की तड़क-सवेरे की हवा में ठण्डक पूजा की अगरबत्ती की खुश्बू जैसी घुली हुई थी। सात-साढ़े सात बजे का समय था और ऑटो एयरपोर्ट की तरफ़ भाग रहा था। ऑटो में बैठे हुए मैंने एक बार फिर सोचा मनाली की ठण्ड के बारे

में। जहाँ बैठके मुझे नयी फ़िल्म के लिए गीत लिखने थे। कितना अच्छा लगेगा हरे पहाड़ों को देखते हुए सोचना। अब समझ में आया मुझे पहाड़ क्यों अच्छे लगते हैं, लेखक टाइप इनसान हूँ न।

मैं इस उधेड़बुन में ही था कि कब एयरपोर्ट आ गया पता ही नहीं चला। आशीष वहीं एयरपोर्ट पे खड़ा मिल गया मुझे। मैंने पहला सवाल किया, 'प्रीतम दादा कितने बजे की फ्लाइट से आयेंगे?' वो बोला, 'बारह बजे तक दिल्ली पहुँच जायेंगे। दिल्ली से कुल्लू की फ्लाइट शायद दो बजे के आस-पास है। तो कोई समस्या की बात नहीं।' मैंने हाँ में सर हिलाते हुए उसे टिकट काउण्टर की तरफ़ बढ़ने का इशारा किया।

बहुत सारी बातों, ख़यालों और ख़्वाबों की उड़ान भरते हुए हम दस बजे के क़रीब दिल्ली एयरपोर्ट पहुँच गये। इम्तिआज़ को फ़ोन भी कर दिया कि हम आ रहे हैं। प्रीतम का इन्तज़ार होने लगा और मैं एयरपोर्ट के कॉफ़ी हाउस में बैठ कर आशीष को अपनी और मनाली की दोस्ती के बारे में बताने लगा कि कैसे मैं अपने कॉलेज के दिनों में यूथ लीडरशिप के कैम्प लगाने जाया करता था, कैम्प में दोस्तों के साथ मिलकर क्या-क्या खुराफ़ात होती थी। कैसे मैं मनाली के मॉल रोड पर पहली बार 'टनाटन पान हाउस' पढ़के हँस पड़ा और सिर्फ़ इसी वजह से पान खा लिया कि इसका नाम 'टनाटन' है

और कैसे पान खाने की वजह से हमारे कैम्प कमाण्डर ने मुझे 'नॉट अलाउड' की चेतावनी दी थी। बातों बातों में 12 बज गये, साढ़े बारह बज गये, एक बज गया। प्रीतम को फ़ोन लगाया उसने फ़ोन नहीं उठाया और हम ज़रा परेशान से हो गये। फिर फोन लगाया, फिर लगाया, कोई जवाब नहीं। समझ नहीं आ रहा था कि प्रीतम दिल्ली एयरपोर्ट पे है या अभी मुम्बई ही है, मतलब आगे का कार्यक्रम क्या है?

दस मिनट के बाद प्रीतम का तक़रीबन एक हाथ लम्बा मैसेज मेरे फ़ोन पे आया जिसका मफ़ूम (सार) ये था–'मुझे किसी प्रोड्यूसर ने बताया है कि दिल्ली से कुल्लू जाने वाली छोटी फ्लाइट्स अकसर पहाड़ों की तेज़ हवा बर्दाश्त नहीं कर पातीं और डाँवाडोल हो जाती हैं। मैं ऐसी फ्लाइट्स में नहीं बैठूँगा क्योंकि मैं बिना शादी किये मरना नहीं चाहता।'

मैं और आशीष मुस्कुराते हुए एक दूसरी को देखने लगे। आशीष बोला, 'अब?' मैंने कहा कुल्लू की फ्लाइट के काउण्टर की तरफ़ चल कर देखते हैं क्या हालचाल है। हम अभी काउण्टर की तरफ़ जा ही रहे थे कि हमे एयर-लाइन की उद्घोषिका की मीठी आवाज़ सुनाई दी, 'ख़राब मौसम के कारण कुल्लू जाने वाली एयर-लाइन की फ्लाइट रद्द हो गयी है। असुविधा के लिए खेद है।' एक बार फिर हम एक-दूसरे को देख रहे थे लेकिन इस बार

हँस नहीं रहे थे बल्कि हैरान थे ये सोचकर कि प्रीतम ने इतना सही फ़ैसला यानी मुम्बई से दिल्ली ना आने का, क्या सोच कर किया होगा।

आख़िर हमें भी अपना फ़ैसला सही करना पड़ा। तुरन्त अगली फ्लाइट पकड़ कर हम भी वापस मुम्बई आ गये। सुबह छह बजे उठकर मैं और आशीष दिल्ली एयरपोर्ट पर सिर्फ़ कॉफ़ी पीने गये थे शायद।

इम्तिआज़ मनाली में ही था, मैंने और प्रीतम ने मुम्बई में 'जब वी मेट' के संगीत पर मुम्बई में ही काम शुरू कर दिया। मनाली के वो हरे-भरे पहाड़, वादियां, ठण्डी हवाएँ जो ख़यालों में थीं ख़यालों में ही रह गयीं।

x x x

निर्देशक ने मुझे जब कहानी सुनाई थी तो कहा था, 'और फिर आखिर में आदित्य और गीत की शादी हो जाती है हम टाइम लैप्स के साथ दिखते हैं एक फ्रेम में वो दोनों और उनकी दो बेटियाँ हैं।' मैंने कहा, 'मतलब एण्ड में मौजां ई मौजां हो जाती हैं।' निर्देशक ने कहा 'ये फ्रेज़ अच्छा है यार 'मौजां ई मौजां' हम उसके साथ कोई गाना नहीं बना सकते एण्ड क्रेडिट के लिए?' मैंने कहा, 'ज़रूर बना सकते हैं', ये फ्रेज़ प्रीतम को भी पसन्द था तो सबसे पहले इसी गीत पे काम शुरू हुआ क्योंकि इसकी ज़रा सी दिशा हमें पता थी। प्रीतम ने कहा इस फ्रेज़ के साथ मैं कुछ लिख दूँ फिर वो कुछ धुन बनायेगा और मैं उस धुन के मुताबिक

फिर बोलों में सुधार करूँगा। उसकी बात मानते हुए मैंने ये लिख कर दिया उसे :

जग निखर गया नी जग निखर गया
जदों प्यार हवा दे विच बिखर गया
दिल मार उडारी शिखर गया
हुण मौजां ई मौजां ओ हुण मौजां ई मौजां

हुण दिन हो जाणे अम्ब-रसिया
इश्क़े विच लघणा रातां ने
कोई हम्द इलाही हो जाणा
माही दियां मिठियां बातां ने

पल माड़ा सी जो गुज़र गया
मैनूं बिसर गया नी मैनूं बिसर गया
दिल मार उडारी शिखर गया
हुण मौजां ई मौजां ओ हुण मौजां ई मौजां

x x x

मुझे हमेशा लगा है कि हिन्दी फ़िल्मों के इतिहास में यह पहला पूरा ठेठ पंजाबी गाना है जो पूरी तरह व्यावसायिक फ़िल्म में मुख्य अदाकारों ने परदे पर गाया है। क्योंकि मुझे हिन्दी फ़िल्मों के इतिहास की ज़्यादा जानकारी नहीं इसलिए यह बात मैं दावे के साथ नहीं कह सकता। किसी निर्देशक, संगीतकार या गीतकार ने ऐसी कोई कोशिश

पहले की भी हो सकती है या नहीं भी। जो भी हो मुझे यह अपने तरीके की पहली कोशिश लगती है। इसके बाद से हिन्दी फ़िल्मों और गीतों में पंजाबी लहजा बाक़ायदगी से दिखाई देने लगा।

मौजां ही मौजां

जग सारा जग सारा निखर गया
हुण प्यार हवा दे विच बिखर गया
दिल तेरा होई जावे अम्बरां नू छोई जावे,
मार उडारी देखो शिखर गया
हुन मौजां ही मौजां,
शाम सवेरे हुण मौजां ही मौजां
यार दे डेरे हुण मौजां ही मौजां
Rock the party हुण मौजां ही मौजां

ओ माही मेरा शरबत वरगा,
ओ माही तैनूं गट गट पी लां
ओ माही मेरा दिल मैनूं कही जावे
दिल मैनूं कही जावे खुलके जी लां
मिठड़े हासे, ओ माही मेरे आसे पासे
ओ माही मेरे हत्थ पीले रंग होये
दिन सतरंग होये
दिल माही संग होये किधर गया *

*अगर आप वीडियो पे ध्यान देंगे तो देखेंगे रेखांकित पंक्तियों पर मीका सिंह की आवाज़ पे करीना कपूर ने लिप-सिंक किया है।

हुण मौजां ही मौजां,
तेरे सहारे हुण मौजां ही मौजां
हुल्ले हुल्लारे हुण मौजा ही मौजां,
Join the fun हुण मौजां ही मौजां

ओ माही मेरा सोने वरगा
ओ माही तैनू चुम चुम रखना
ओ माही मेरा दिल मैनूं कही जावे
दिल मैनूं कही जावे रज्ज के तकना
कोल बिठा के,
ओ माही तेरी सेज सजा के
ओ माही तेरे संग मेरी गल्ल होये
हर इक पल होये
दिल बेकल होये बिगड़ गया
हुण मौजां ई मौजां
प्यार नूं पा के हुण मौजां ई मौजां
कुल मिला के हुण
Everybody now मौजां ही मौजां

x x x

आदित्य एक लम्बा सफ़र तय करके गीत को उसके प्रेमी के पास छोड़ आया था। गीत अनजाने में ही आदित्य में बहुत बदलाव ला चुकी थी। आदित्य अब हर तरह से अपने डर का सामना कर रहा था लेकिन गीत का ख़याल उसे

बार-बार आता था। गीत जो उसकी ज़िन्दगी का अटूट हिस्सा बन गयी थी। ऐसे में हमें एक गाना चाहिए जो रोमानी हो और जिसमें आदित्य गीत को याद करे। कहे कि तुम्हारा साथ कितना पॉज़िटिव था कितना बदलाव ले आया मुझमें, कुछ ऐसा ही कहा था निर्देशक ने सिचुएशन समझाते हुए। मैं अपने तरीके से सोचने लगा और प्रीतम अपने तरीके से। फिर एक शाम प्रीतम के स्टूडियो में मिलने का तय हो गया। वो शाम मुझे अच्छी तरह आज भी याद है। प्रीतम के स्टूडियो का छोटा-सा सिटिंग रूम था। या कहो कि सिटिंग रूम छोटा नहीं था लोग ज़्यादा थे। प्रीतम, इम्तिआज़, मैं, आशीष के अलावा प्रीतम का एक सहायक और, इम्तिआज़ के सहायक। कुछ लोग तख़्तपोश पर बैठे थे और कुछ ज़मीन पर। और प्रीतम ने धुनें सुनानी शुरू कर दीं। पहली धुन पे इम्तिआज़ का सिर नहीं हिला, दूसरी धुन पे हिला और तीसरी धुन पे वो मुस्कुराया। इम्तिआज़ की अपनी फ़िल्मों को लेकर संगीत की समझ जग ज़ाहिर है। निर्देशक को मुस्कुराते हुए देख प्रीतम बोला, 'क्या हुआ?'

इम्तिआज़ ने कहा मुझे पिछले दोनों मुखड़ों की धुनें अच्छी लगीं।

प्रीतम ने कहा, 'तो दोनों के अन्तरे कुछ और बनाऊँ?...'

इम्तिआज़ ने जवाब दिया, 'क्या दूसरी धुन का मुखड़ा

और तीसरी धुन के मुखड़े को अन्तरा बना कर गाना हो सकता है?'

प्रीतम ने अपनी गिटार के तार छेड़ते हुए कॉर्ड्स देखे, उनका आरोह देखा, अवरोह देखा और फिर बोला, 'हो सकता है।'

'तो एक बार दोनों को सुनाओ'।

प्रीतम ने वैसे ही पूरा गाना इन बोलों के साथ गाया :

आओ ना आओ
आ जाओ आओ
आ जाओ आ जाओ
आ जाओ–आ जाओ

x x x

और वो इतना अच्छा लग रहा था कि कमरे में मौजूद चेहरों पे मुस्कराहट आ गयी। मैंने वो धुन अपने डेक्टा फ़ोन पे ली, गायक पर बात हुई। सब मोहित चौहान के नाम पर सहमत हो गये।

ज़्यादातर मुझमें और इम्तिआज़ में गाने के बोलों को लेकर बहुत विचार-विमर्श, वाद-विवाद होता है लेकिन इस धुन को लेने के बाद मैं ऐसा ग़ायब हुआ दो दिन कि किसी से मिला ही नहीं। निर्देशक का फ़ोन भी आया, 'मैंने सिर्फ़ मिलता हूँ' कहकर बात को कहीं और मोड़ दिया, गीत के बोलों पर बात ही नहीं की। आखिर रिकॉर्डिंग का दिन तय हो गया। मैं सीधे स्टूडियो पहुँच गया और

गीत के बोलों का काग़ज़ इम्तिआज़ को देते हुए बोला' 'यही है अपना रोमांटिक गाना, इसमें कुछ बदलाब नहीं होगा भाई साहब।'

इम्तिआज़ ने कहा, 'तुम्हारा वीटो है?'

मैंने कहा, 'हाँ'।

और ये गाना रिकॉर्ड हो गया।

तुम से ही

ना है ये पाना ना खोना ही है
तेरा ना होना जाने, क्यों होना ही है
तुमसे ही दिन होता है,
सुरमई शाम आती है,
तुमसे ही, तुमसे ही
हर घड़ी साँस आती है,
ज़िन्दगी कहलाती है,
तुमसे ही, तुमसे ही

न है ये पाना ना खोना ही है
तेरा ना होना जाने, क्यों होना ही है
आँखों में आँखें तेरी,
बाँहों में बाँहें तेरी
मेरा न मुझमें कुछ रहा, हुआ क्या
बातों में बातें तेरी,

रातें सौग़ातें तेरी
क्यों तेरा सब ये हो गया, हुआ क्या
मैं कहीं भी जाता हूँ,
तुमसे ही मिल जाता हूँ,
तुमसे ही, तुमसे ही
शोर में ख़मोशी है,
थोड़ी सी बेहोशी है,
तुमसे ही, तुमसे ही

आधा-सा वादा कभी,
आधे-से ज़्यादा कभी
जी चाहे कर लूँ इस तरह वफ़ा का
छोड़े न छूटे कभी,
तोड़े न टूटे कभी
जो धागा तुमसे जुड़ गया वफ़ा का
मैं तेरा सरमाया हूँ,
जो भी मैं बन पाया हूँ,
तुमसे ही, तुमसे ही

रास्ते मिल जाते हैं,
मंज़िलें मिल जाती हैं,
तुमसे ही, तुमसे ही

न है ये पाना ना खोना ही है
तेरा ना होना जाने, क्यों होना ही है

x x x

जैसे ही मैं बिल्डिंग के परिसर में दाख़िल हुआ देखा सामने ही शादी की रिसेप्शन का बड़ा सा टैंट लगा हुआ था। मैं इस शादी में बुलाया नहीं गया था पर मैं आ गया था। मैं टैंट के दूसरी तरफ़ खड़ी इक कार के साथ टेक लगा कर खड़ा हो गया। काफ़ी देर खड़ा रहा और इस रिसेप्शन के पूरा होने का इन्तज़ार करने लगा। मैंने दो टैंटों के बीच की दरार में से अन्दर स्टेज की तरफ़ देखा। प्रीतम दा अभी भी अपनी नयी नवेली दुल्हन के साथ स्टेज पर खड़े लोगों के साथ मुस्कुरा के फोटो खिंचवा रहे थे। तभी पीछे से आकर किसी ने मेरा कन्धा थपथपाया तो मैंने ज़रा घबराकर पीछे देखा। प्रीतम का एक सहायक मेरे पास आया और बोला, 'दादा ने कहा है थोड़ा टाइम और लगेगा। आपको कुछ चाहिए तो लाकर दूँ? आइसक्रीम और गुलाब जामुन मिक्स करके।' मैंने कहा, 'नहीं नहीं मैं ठीक हूँ और दादा को बोलो चिन्ता न करें हम आराम से चलेंगे।'

यही था प्लान कि प्रीतम की माँ जी ने जो बिल्डिंग के लोगों के लिए अपने बेटे की शादी की रिसेप्शन रखी है उसमें दो-ढाई घण्टे लगा कर प्रीतम और मैं लोनावला जायेंगे जहाँ इम्तिआज़ शूट कर रहा है और

हम उस गाने की सिटिंग करेंगे जो गीत के घर फ़िल्माया जाना है।

जब सबने फ़ोटो खिंचवा लिए प्रीतम ने अपनी दुल्हन के कान में कुछ कहा और दोनों स्टेज से उतरे वो माँ जी के साथ घर की तरफ़ चल पड़ी और प्रीतम शादी की ड्रेस में कार की तरफ़ बढ़ आया जिससे टेक लगाकर मैं खड़ा था। हम जल्दी से गाड़ी में बैठे। गाड़ी में ही प्रीतम ने कपड़े बदले और हम सिचुएशन पर बात करने लगे। वो गाड़ी में ही गिटार लेकर कुछ गाता-बजाता भी रहा। बस पूरे रास्ते इतनी सी धुन आयी 'शरारा शरारा शरारा बजा', सारी रात शूट करके आये इम्तिआज़ और शाहिद को सिर्फ़ इतना ही सुनाया प्रीतम ने। दोनों को अच्छा लगा। अब इस 'शरारा शरारा' को ध्यान में रखकर बाकी गाना बनेगा। पूरी रात जागने के बाद। सिचुएशन पर बहस-मुबाहसा होने के बाद। गाने का बीज फाइनल करने के बाद। सुबह के ठीक नौ बजे हम मुम्बई में वापस थे।

लड़की एक शरारती
था नखरो जिसका नाम
बातूनी आँखें बोलती
मैं छड्ड देना ये गाँव
मैं प्यार की राह पे चलणा
अब ले के यार का नाम

पढ़ने कॉलेज में वो गयी
तो आँख किसी से लड़ गयी
और हिन्दी-इंग्लिश छोड़ के
वो इश्क़ पढ़ाई पढ़ गयी
सबसे छुप के रात को
वो लेटर लिखती प्यार के
बस हरपल, हरदम, हर घड़ी
वो सपने बुनती यार के

कहती मैं बेचैन हूँ
तू काजल मैं नैन हूँ

शाम का पिछला पहर था
और एक बड़ा सा शहर था
पर उसके दिल में प्यार था
तो शाम को भी दोपहर था
रात का पिछला पहर था
ख़ामोशी थी तूफ़ान था
वो यार मिलन को चल पड़ी
पर रस्ता कहाँ आसान था

राह मुश्किल थी दुश्वार थी
वो लड़की पर होशियार थी

सब रह गये उसको देखते
वो पहुँची अगले पार थी

गली-मोहल्ला उसका हो गया
काशी काबा दिल दा
उसी मोहल्ले में हर आशिक़
सजदे करता मिल दा

काम-काज सब छोड़ के आते
उसके दर्शन पाने
सब लड़कों की वहीं कचहरी
वहीं पे हो गये थाने

रंग पुरे की रंग–रंगीली
खिड़की पे जो आये
कोई उसको देख मरे
कोई बिन देखे मर जाये

एक दीवाना था बचपन से
उसके ही गुण गाता था
उसको देख दिसम्बर में भी
गर्मी से मर जाता था

जितने मोड़ पे आशिक़ आते
रहता उन्हें भगाता
मत्त गयी थी मारी उसकी
कौन उसे समझाता

हुई मुनादी जादूगरनी
रूप का जाल बिछाये
जो बच सकता है वो बच ले
जाल में न फँस जाये
दूर दूर से कई दीवाने
उसको देखने आये
देखा उसको एक नज़र तो
वापिस न जा पाये
जोगी हो गये रांझे बन गये
और मजनूँ कहलाये
हुई मुनादी रूप कौर के
पास कोई ना जाये

सुनो कहानी इश्क़ की,
सुनो लगा कर ध्यान
इक लड़की थी शहतूत सी
था राणो उसका नाम
गली मोहल्ले चौक में
था उसका चर्चा आम

x x x

ये सब 'नगाड़ा-नगाड़ा' गीत की तैयारी का माल है। हालाँकि इसमें से ज़्यादा कुछ रहा नहीं गाने में लेकिन गाने की दिशा और दशा ज़रूर समझ आ जाती है इससे। कहीं-कहीं 'जब वी मेट' की हीरोइन अपनी झलक दिखला जाती है।

इस गाने की पहले मुझे प्रीतम ने एक धुन दी थी जिसपे मैंने शायद ये बोल लिखे थे 'सुबह शाम या रात—या हो शिखर दोपहरी, दिल वालों की रोज़ लगती वहीं कचहरी।' लेकिन जब मैं रिकॉर्डिंग के लिए स्टूडियो पहुँचा तो पता चला कि प्रीतम ने धुन ही बदल दी है पर हुक 'फलाना-फलाना' टाइप है यानी वही 'शरारा-शरारा'। तो मैं और इम्तिआज़ सोचने लगे कि इस हुक में क्या आ सकता है। मैं लगातार विकल्प दे रहा था और इम्तिआज़ लगातार नकार रहा था। और हम दोनों विकल्पों पर हँस भी रहे थे। विकल्प जैसे 'जनाज़ा-जनाज़ा उठा', 'पटाका-पटाका बजा', 'रुलाना-रुलाना मना', 'खज़ाना-खज़ाना मिला' मतलब पता नहीं क्या क्या...

काँच की खिड़की थी, खिड़की में बैठने की जगह थी। दोनों वहाँ बैठ कर कुछ-कुछ अटकलें लगा रहे थे और अपनी अटकलों पर खुद ही हँस भी रहे थे। प्रीतम कोई करारा और वज़नदार शब्द चाह रहा था वहाँ और फिर काफ़ी दिमाग़ खपाई के बाद आया 'नगाड़ा-नगाड़ा बजा', तो अब क्योंकि धुन बदल गयी थी तो बोलों में

भी फेरबदल की ज़रूरत थी। गायक जावेद अली माइक पर आ चुका था, उसको कितनी देर खड़ा रखते। तो मैं धुन के मुताबिक एक-एक लाइन बना रहा था और जावेद के पास गाने के लिए भेज रहा था। मतलब सब कुछ त्वरित और तत्काल था। इस गाने की एक और ख़ास बात है। वो यह कि बनने के बाद ये गाना प्रीतम को बिल्कुल पसन्द नहीं आया। लेकिन मुझे ये गीत बहुत अच्छा लगता था शायद इसलिए कि गीत में कहानी कहने का सिलसिला मैं शुरू कर पाया था। मुझे इससे 'एक था गुल और एक थी बुलबुल' वाले गीत का एहसास मिलता था। हालाँकि प्रीतम ने इस गीत के बनने के बाद भी इस सिचुएशन के लिए कुछ गीत बनाये लेकिन आख़िर 'नगाड़ा-नगाड़ा-नगाड़ा बजा' से बेहतर कुछ नहीं हो पाया। यह गीत मेरे पैतृक कसबे मलेरकोटला के नज़दीक नाभा की एक हवेली में फ़िल्माया गया था। और मैं बड़े फ़ख़्र से इस गीत की शूटिंग देखने अपने मलेरकोटला के स्कूली दोस्त अमजद को साथ लेकर गया था।

नगाड़ा बजा

रंगपुरे दी रंग रंगीली
लड़की छैल छबीली
उसदे चंचल नैन कटार
अरे चंचल नैन कटार

ते उसका रूप बना हथियार
उसके रूप से कतल हुए तो चर्चा शुरू हुआ
नगाड़ा नगाड़ा नगाड़ा बजा

रंगपुरे दी रंग रंगीली छैल छबीली नार
चंचल नैन कटार ते उसका रूप तेज़ तलवार
उसके रूप से कतल हुए तो चर्चा शुरू हुआ
नगाड़ा नगाड़ा नगाड़ा बजा

जब भी वो लड़की खिड़की पे आये
कोई उसको देख मरे, कोई बिन देखे मर जाये
अरे गुज़रे गली मोहल्ले से तो मेला सा लग जाता था
हर इक आशिक़ ईद मनाता झगड़ा पाता था
ख़त्म न होता दीवानो का जलसा शुरू हुआ

नगाड़ा नगाड़ा नगाड़ा बजा

अरे बचपन से उसका एक दीवाना था
जिसका काम गली के आशिक परे हटाना था
दिल से जिसको मान रहा था अपने दिल की रानी वो
और किसी पे ही मरती थी मरजानी वो
एक कहानी ख़त्म तो दूजा क़िस्सा शुरू हुआ
नगाड़ा नगाड़ा नगाड़ा बजा

रंगपुरे दी रंग रंगीली छैल छबीली नार
चंचल नैन कटार ते उसका रूप तेज़ तलवार
उसके रूप से कतल हुए तो चर्चा शुरू हुआ
नगाड़ा नगाड़ा नगाड़ा बजा

x x x

पैदल चलते चाँद थका तो सूरज साथ हुआ
एक गया तो दूजा हमदम
साथ हुआ तो फिर कैसा ग़म
चलता चल, साथ हवा के, ख़्वाब सजा के,
बीत गया जो उसे भुला के

पलों के परिन्दों को उड़ने से रोक ना
पहुँचना कहाँ है ऐसा सोचना क्या सोचना
मंज़िल वहीं है जहाँ चाहे दिल बैठना
बीत गयी जो बात गयी वो
दिन आया है रात गयी तो
नयी दिशा में—नयी दशा में
नयी मौज में नये रोज़ में
चलता चल...

x x x

ओह! नहीं नहीं सॉरी शायद ग़लत वाला सुना गया मैं। वो कहाँ है जो थोड़ा ठीक किया था।... हाँ, मिल गया। यह सुनो :

पैदल चलते चाँद थका तो सूरज साथ हुआ
कौन रुका है किसकी ख़ातिर
वक़्त, मुसाफ़िर चलता आख़िर
चलता है कोई साथ हुआ या न साथ हुआ

हवा के दरिया में
दिल सूखा पत्ता बन के उड़ने दे
कहीं रुकता है, कहीं गिरता है
कहीं मुड़ता है तो मुड़ने दे
मंज़िल कहाँ है, कहाँ ठिकाना
इन सोचों में वक़्त गँवा न
दिल को बस इतना समझाना
जहाँ पहुँच गये वहीं था जाना

सही ग़लत की सोच में न घिर
वक़्त मुसाफ़िर चलता आखिर
चलता है कोई साथ हुआ या न साथ हुआ
पैदल चलते चाँद थका तो सूरज साथ हुआ

x x x

सुनाने के बाद मैंने इम्तिआज़ की तरफ़ देखा। वो मेरी तरफ़ ऐसे देख रहा था जैसे पूछ रहा हो 'ये क्या था?' कुछ पल ख़ामोशी-सी छायी रही फिर वो बोला, 'नहीं यार ये नहीं है। फ़िल्म में तक़रीबन चालीस मिनट के बाद गाना

आ रहा है। दोनों किरदार पिछले डेढ़ दिन से चल रहे हैं। उनको फिलोसोफ़ी सूझेगी? कहना तो मैं चाहता था कि रोमांस सूझ सकता है तो फिलोसोफ़ी क्यों नहीं सूझ सकती। लेकिन मैंने कुछ नहीं कहा क्योंकि मैं समझ गया था कि यहाँ निर्देशक बिल्कुल सीधा और आसान गाना चाहता है ताकि वो सुनने वालों को किसी भी लिहाज़ से भारी न लगे। अपनी इसी बात को इम्तिआज़ ने कहा, 'ज़रा मॉडर्न गाना चाहिए मुझे, थोड़ा डायरेक्ट टाइप।' तो प्रीतम की धुन पर मैंने 'हम जो चलने लगे' लिख दिया। इस गाने का टाइटल 'आओ मीलों चलें' होना चाहिए था पर संगीत कम्पनी ने 'आओ मिलो चलो' पता नहीं क्यों रख दिया।

आओ मीलों चलें

हम जो चलने लगे,
चलने लगे हैं ये रास्ते
आ हा हा हा मंज़िल से बेहतर
लगने लगे हैं ये रास्ते
आओ खो जायें हम, हो जायें हम यूँ लापता
आओ मीलों चलें, जाना कहाँ न हो पता
हम जो चलने लगे,
चलने लगे हैं रास्ते
आ हा हा हा मंज़िल से बेहतर
लगने लगे हैं ये रास्ते

बैठे बैठे ऐसे कैसे कोई रस्ता नया सा मिले
तू भी चले मैं भी चलूँ, होंगे कम ये तभी फ़ासले
आओ तेरा मेरा न हो किसी से वास्ता
आओ मीलों चलें, जाना कहाँ न हो पता
हम जो चलने लगे, चलने लगे हैं रास्ते
आ हा हा हा मंज़िल से बेहतर
लगने लगे हैं ये रास्ते

आँखें खोलें नींदें बोलें जाने कैसी जगी बेख़ुदी
यहाँ वहाँ देखो कहाँ लेके जाने लगी बेख़ुदी
आओ मिल जायेगा होगा जहाँ पे रास्ता
आओ मीलों चलें, जाना कहाँ न हो पता
हम जो चलने लगे चलने लगे हैं ये रास्ते
आ हा हा हा मंज़िल से बेहतर
लगने लगे हैं ये रास्ते

x x x

तो भाई साहब फ़िल्म की शूटिंग शुरू हो गयी थी। निर्देशक अपनी पूरी टीम और तामझाम के साथ मनाली में था। इण्टरवल से पहले का गाना जिसमें आदित्य गीत को उसके प्रेमी के पास छोड़ने जा रहा है, अभी भी तैयार नहीं था। प्रीतम ने एक धुन बनायी और मैंने ये गाना लिख दिया :

आसमां आँचल सा बाँहों में आ जायेगा
धूप के फूलों को राहों में बिछायेगा
प्यार बरसायेगा—जायेगा—आयेगा
दिल पे छा जायेगा आ के मेरे रूबरू तू...

मंज़िल ज़्यादा दूर नहीं अब जो चाहा वो पा लूँगी
मैं फूलों के रंग चुरा कर बादल को रंगवा लूँगी
हर इक पर्वत पर काजल से प्यार-प्यार लिख डालूँगी
प्यार में झूमूँगी-नाचूँगी-गाऊँगी
तेरी हो जाऊँगी मेरी तो है आरज़ू तू...

यार प्यार के रस्ते आयी टूटके हर इक बन्धन से
बिन बोले सौ बातें होंगी दो नैनों के दर्पण से
मन के मेले लग जायेंगे तन महकेंगे चन्दन से
मैं तेरी बाँहों में-राहों में-चाहों में
मेरी निगाहों में तुमसा रहे हूबहू, तू...

x x x

प्रीतम ने यह गाना रिकॉर्ड किया और इम्तिआज़ को भेज दिया अपनी वीटो पॉवर के साथ। इसका ज़िक्र 'तुमसे ही' गाने में भी हुआ है ये 'वीटो' है क्या? इम्तिआज़ के साथ काम करते हुए मेरे और प्रीतम के पास एक-एक वीटो पॉवर रहती है। यानी जिस पे मैंने वीटो कर दी उस गाने के बोलों पर इम्तिआज़ कोई सवाल नहीं उठाएगा।

जस के तस बोल रख लिए जायेंगे। जैसे मैंने इस फ़िल्म में 'तुमसे ही' गाने पे वीटो का इस्तेमाल कर लिया था। इसी तरह जिस गाने पे प्रीतम ने वीटो कर दी उस गाने की धुन पर इम्तिआज़ सवाल नहीं करेगा। अब जबकि प्रीतम ने 'आसमां बाँहों में' धुन वीटो के साथ भेज दी थी तो इम्तिआज़ क्यों बोलता।

एक-दो दिन गुज़रे मुझे फिर प्रीतम के स्टूडियो से न्योता आ गया। मैं गया तो प्रीतम दादा बोले, 'इरशाद भाई मैंने न एक और पहली वाली से बेहतर धुन बनायी है इम्तिआज़ की सिचुएशन के लिए आप इस पे लिखो मैं पहले वाली कैंसल करके ये इस्तेमाल करने को बोलता हूँ इम्तिआज़ को।' मैंने प्रीतम की बात मानते हुए नयी धुन पे लिखा। गाना रिकॉर्ड करके इम्तिआज़ को भेजा। अगले दिन मैंने प्रीतम से पूछा, 'गाना भेज दिया? हुई इम्तिआज़ से बात?' दादा बोले, 'हाँ हुई इम्तिआज़ बोला थैंक यू यार तुमने ख़ुद ही धुन बदल दी, पिछली धुन भी मुझे पसन्द नहीं थी और बोल भी बिल्कुल बेकार थे। पर तूने वीटो कर दी थी इसलिए कुछ बोलना भी मुझे सही नहीं लग रहा था। मैं सोच ही रहा था कि अब सिचुएशन को कैसे हैंडल किया जाये' जैसे ही प्रीतम ने बात ख़त्म की तो वो भी हँसने लगा और मैं भी। यह सोच कर कि इम्तिआज़ बेचारा अपनी ही दी हुई वीटो पॉवर के चक्कर में फँसने से बच गया।

ये इश्क़ हाय

हाँ है कोई तो वजह, जो जीने का मज़ा यूँ आने लगा
ये हवाओं में है क्या, थोड़ा-सा जो नशा यूँ छाने लगा

पूछो न पूछो मुझे क्या हुआ है, तेरी राहों में आकर
पूछो न पूछो मुझे क्या मिलेगा, तेरी बाँहों में आकर

ये इश्क़ हाय बैठे बिठाए, जन्नत दिखाए हाँ
ओ रामा, ये इश्क़ हाय बैठे बिठाए, जन्नत दिखाए हाँ

तोड़े मैंने सारे ही बन्धन ज़माने तेरे,
तोड़ूँगी न मैं वादा
आधा हिस्सा मेरे तो दिल की कहानी का तू
पिया मैं बाकी आधा
देखो न देखो मुझे क्या हुआ है,
तेरी यादों में खो कर
पूछो न पूछो मुझे क्या,
मिलेगा तेरी बातों में जी कर

ये इश्क़ हाय बैठे बिठाए,
जन्नत दिखाए हाँ
ओ रामा, ये इश्क़ हाय बैठे बिठाए,
जन्नत दिखाए हाँ

मेरे जैसे लाखों मिले होंगे तुझको पिया,
मुझे तो मिला तू ही
तू ही मेरे होंठों की खिलती हुई सी हँसी,
गिला भी पिया तू ही
देखो न देखो मुझे क्या हुआ है,
तुझे सपनों में ला कर
पूछो न पूछो मुझे क्या, हुआ है
तेरी बातों में आ कर

ये इश्क़ हाय बैठे बिठाए,
जन्नत दिखाए हाँ
ओ रामा, ये इश्क़ हाय बैठे बिठाए,
जन्नत दिखाए हाँ

लाइफ़ में मैजिक

खारा पानी आँखों का (है)
खारे सभी समंदर भी
सात समंदर होते हैं
दो आंखों के अंदर भी
~~ये नहीं था पता, हम इसकी सज़ा (और)~~ — इस पानी में छुपी कहानी
~~यूं पाएंगे, सोचा न था~~ — प्यार नहीं तो क्या है ये

उससे शिकवा क्या करना
जिसका कुछ एतबार नहीं
हर सुबह जो मिल जाए
चैन कोई अखबार नहीं
ये नहीं था पता, हम इसकी सज़ा
यूँ पाएंगे, सोचा न था

जिस के लिए सब को छोड़ा
उसने हमको छोड़ दिया
दिल, ख्वाबों और वादों को
इक इक करके तोड़ दिया
अब क्या है यहां, सूना सा जहां
यूँ पाएंगे, सोचा न था

जिसको चाहा वो न मिला
जो है मिला वो चाहा नहीं
कहीं कुछ ज्यादा होता है
क्यों होता है कम कुछ कहीं
ये पता न चला, और इसकी सजा
यूँ पाएंगे, सोचा न था

आनन्द एल राय और मेरा रिश्ता भी दस से ज़्यादा साल पुराना है। यह रिश्ता बनना उस समय शुरू हुआ था जब वो अपने बड़े भाई रवि राय साहब के साथ सैलाब और थोड़ा है थोड़े की ज़रूरत है जैसे न सिर्फ़ कामयाब बल्कि बेहतरीन सीरियल दे चुके थे। अब टीवी से उनका रुख फ़िल्मों की तरफ़ हो गया था। आनन्द से पहली मुलाक़ात तब हुई थी जब वो सहारा टीवी के लिए कोई फीचर फ़िल्म जितनी लम्बी टेलीफ़िल्म बना रहे थे और मैंने उस फ़िल्म के लिए एक गाना लिखा था। संगीत किसका था ठीक से याद नहीं। उसके बाद याद हैं कॉफ़ी हाउस में बितायी कुछ शामें जिनमें फ़िल्मों के संगीत पर तफ़सीली बात होती थी। (इस पल मैं सोच रहा हूँ कि अगर तारापोर गार्डन वाला बरिस्ता अचानक किसी दिन बन्द हो गया तो मेरी कितनी ही शामें बेघर सी हो जायेंगी) इसी कॉफ़ी हाउस में मुझे बताया था आनन्द ने फ़िल्म बनाने के लिए तैयार हूँ और नाम रखा है 'थोड़ी लाइफ़ थोड़ा मैजिक', संगीत विनय तिवारी (निखिल-विनय वाले) देंगे। कल उन्हीं के ऑफ़िस में मिलते हैं। कहानी पर भी बात कर लेंगे और गानों की सिचुएशन्स पर भी।

क्रिस्टल प्लाज़ा में ही था शायद उन दिनों विनय तिवारी का दफ़्तर। क्योंकि उन दिनों मेरा कोई काम अभी हिट नहीं हुआ था इसलिए ज़्यादा लोग मुझे जानते भी नहीं थे या अगर नाम से थोड़ा बहुत जानते थे तो शक्ल से तो बिल्कुल भी नहीं पहचानते थे। उस समय शायद उनका दफ़्तरी लड़का इधर-उधर होगा जब मैं पहुँचा, इसलिए सीधे विनय तिवारी का ही दरवाज़ा खटखटा कर खोल लिया। उनका दफ़्तर एक बड़ा-सा कमरा था जिसमें एक दफ़्तरनुमा मेज़-कुर्सी लगी थी जिसपे विनय ख़ुद बैठते थे और बाक़ियों के बैठने के लिए बहुत से गद्दे लगे हुए थे। पूरा दफ़्तर हलके जामुनी रंग में डूबा हुआ था। परदे, गद्दों के ऊपर बिछी चादरें, कुशन यानी सब कुछ हल्का जामुनी। विनय फ़ोन पे बात कर रहे थे, मेरी तरफ़ देखा, मैंने कहा, 'आनन्द जी?'

विनय ने कहा, 'वो तो अभी आये नहीं आने वाले हैं, आप...?' मैंने उनकी बात पूरी होने से पहले बोल दिया, 'इरशाद कामिल', विनय बहुत गर्मजोशी से उठे, 'आइये आइये इरशाद भाई आनन्द जी आ ही रहे होंगे।' अभी कोई बात शुरू भी नहीं हुई थी कि आनन्द आ गये। कहानी पे बात हुई, सिचुएशन्स पे बात हुई और मेरे हिस्से इस फ़िल्म के तीन गीत आये। जिनमें से सिर्फ़ एक गीत मैं पाठकों के साथ साझा करना चाहता हूँ। कैलाश खेर का गाया यह गीत :

ख़ूबसूरत है जो कुछ भी संसार में
बस समझ लो कि डूबा है वो प्यार में

तूने कही और मैंने मानी प्यार नहीं तो क्या है ये
दिल की दिल को दर्द निशानी प्यार नहीं तो क्या है ये

खारा पानी आँखों का है
खारे सभी समन्दर भी
सात समन्दर होते हैं
दो आँखों के अन्दर भी
इस पानी में छुपी कहानी प्यार नहीं तो क्या है ये

पल क्या सच में बदल गया है
या मैंने सपना देखा
तुम बदले या बदल गयी है
मेरे हाथों की रेखा
इन सोचों में शाम बितानी प्यार नहीं तो क्या है ये

एक बुधवार

नज़र लगे ना तुम्हें किसी की
तुमको कहीं छुपा लूँ मैं
धार बना लूँ काजरे की और
अपनी आंखे में डालूँ मैं
कोई को दे जन्नत मुझको] जीने की हसरत बनके
तेरे बदले ना लूँ मैं] रह जा मेरे सीने में
मैं बाहों में तेरी जी लूँ और मरूँ
जी चाहता है प्यार तुम्हें मैं और करूँ

तुमसे पूछूँ-खुद से पूछूँ- या दिल के अरमानों से
प्यार के लम्हे अक्सर ही क्यों आते हैं मेहमानों से
पास ये पल दो पल रहते हैं / पास घड़ी भर को रहते हैं
कल फिर आयेंगे कहते हैं
* [ना मैं पानी ना ये हवा से फिर जाने क्यों बहते हैं
इन लम्हों में प्यार के सातों रंग भरूँ / प्यार के सातों रंग मैं
जी चाहता है प्यार तुम्हें मैं और करूँ

F [गुज़र गई है जाने कितनी
[जाने कितनी बाकी है
M [नाम तुम्हारे करना चाहूँ
[उमर ये जितनी बाकी है
F [जी से जी लूँ हसरत मुझको]
[अब तो इतनी बाकी है]
M) तुम चाहत की बात मैं तुम पे ग़ौर करूँ
जी चाहता है प्यार तुम्हें मैं और करूँ

[signature] 22/6/07

— ★ —

सेना की वर्दी जैसे हरे रंग की टी-शर्ट पहने लोखण्डवाला सैराती बाग़ में जो तेज़-तेज़ सैर कर रहा है वो मैं हूँ। अभी-अभी जिसका फ़ोन बजा है वो भी मैं ही हूँ। आजकल जो फ़ोन दिन में पाँच-सात बार बज जाता है वो मेरा ही है। अभी जो फ़ोन आया है वो अंजुम रिज़वी का है जिनके लिए मैंने 'आहिस्ता आहिस्ता' फ़िल्म की थी। फ़ोन क्यों आया? वो मुझे मिलना चाहते हैं। क्यों मिलना चाहते हैं? ज़ाहिर है किसी फ़िल्म के सिलसिले में। कहाँ मिलेंगे? ओशिवारा म्हाडा की बिल्डिंग्स में। कितने बजे? चार बजे।

मैं सही जगह, सही समय पे था। घण्टी भी बजा चुका था। दरवाज़ा भी खुल चुका था। अंजुम भाई मुझे 'जब वी मेट' के संगीत की और फ़िल्म की सफलता पर मुबारकबाद भी दे चुके थे। चाय भी पूछ चुके थे। अब बारी अन्दर के कमरे में जाने की थी।

अन्दर के कमरे में निर्देशक नीरज पाण्डे और निर्माता शीतल भाटिया थे। अंजुम भाई भी उस फ़िल्म के निर्माताओं में से एक थे। नीरज से सिर्फ़ दो मिनट ही इधर-उधर की बात हुई होगी कि मैंने दिल में सोचा, 'बन्दा सही लग रहा

है', शीतल भी मुझे काफ़ी हँसमुख इनसान लगा। जिस बात का अन्दाज़ा नहीं लगा पा रहा था मैं वो ये थी कि मुझे यहाँ बुलाया क्यों गया है। दो मिनट और इधर-उधर की बात के बाद नीरज काम की बात पे आ गया, 'इरशाद भाई एक पिक्चर है जो लगभग पूरी समझिए लेकिन उसके गाने नहीं हुए हैं।'

'कितने गाने हैं?'

'पाँच-छह।'

'ओह पाँच-छह में से अभी तक कोई गाना नहीं हुआ?'

'नहीं।'

'तो पिक्चर 'लगभग पूरी' कैसे समझी जा रही है?'

'क्योंकि पिक्चर में कोई गाना नहीं है।' मुस्कुराते हुए नीरज ने कहा।

'सॉरी। मैं समझा नहीं।'

छह आँखें एक-दूसरे से बारी-बारी मिलीं। मेरी आँखें किसी मतलब के सुराग के लिए उन छह आँखों का पीछा कर रही थीं। अंजुम ने मेरी ओर देखते हुए कहा, 'हम पाँच-छह गाने बनाएँगे यह बात तय है। कोई गाना फ़िल्म में होगा या नहीं वो सब नीरज भाई बाद में देख लेंगे।' बात मुझे कुछ-कुछ समझ में आ गयी थी।

ये फ़िल्म थी 'ए वेडनेसडे', इस फ़िल्म का ज़िक्र करना मैं इसलिए ज़रूरी समझता हूँ क्योंकि यह इकलौती फ़िल्म है जिसके लिए मैंने गाने तो छह लिखे लेकिन फ़िल्म में

एक भी नहीं था। इन गानों में से एक गाने का प्रमोशनल वीडियो भी बना था। जिसमें यक़ीनन मैं नहीं था। सलिल चौधरी साहिब के बेटे संजय चौधरी ने इस फ़िल्म का संगीत दिया था। यहाँ मैं सिर्फ़ एक गीत का ज़िक्र करना चाहूँगा जिसका ख़याल 'उस्ताद एण्ड दीवाज़' से आया है। इस गाने की रिकॉर्डिंग के मौक़े पर मेरे साथ इस किताब के संकलनकर्ता परमिन्दर भी थे।

नज़र लगे न तुम्हें किसी की
तुमको कहीं छुपा लूँ मैं
धार बना लूँ काजल की और
अपनी आँख में डालूँ मैं

जीने की हसरत बन के
रह जा मेरे सीने में

मैं बाहों में तेरी जी लूँ और मरूँ
जी चाहता है प्यार तुम्हें मैं और करूँ

तुमसे पूछूँ, ख़ुद से पूछूँ
या दिल के अरमानों से
प्यार के लम्हे अकसर ही क्यों
आते हैं मेहमानों से

पास घड़ी भर को रहते हैं
कल फिर आयेंगे कहते हैं
न ये पानी, न ये हवा से
फिर जाने क्यों बहते हैं
इन लम्हों में प्यार के रंग मैं भरूँ
जी चाहता है प्यार तुम्हें मैं और करूँ

नज़र लगे न तुम्हें किसी की
तुमको कहीं छुपा लूँ मैं
धार बना लूँ काजल की और
अपनी आँख में डालूँ मैं

प्रेम की कहानी

हालाँकि दो हज़ार नौ में काफ़ी समय तक मुम्बई का फ़िल्म उद्योग व्यापारिक खींचातानी में रहा क्योंकि शायद मॉल और मल्टीप्लेक्सेज़ उस समय नये-नये आये थे। इस खींचातानी में भी मेरी दो फ़िल्मों का संगीत पूरे साल में बेजोड़ साबित हुआ। एक 'लव आजकल' का और दूसरा 'अजब प्रेम की ग़ज़ब कहानी' का। अजब प्रेम की ग़ज़ब कहानी—टिप्स संगीत कम्पनी की फ़िल्म थी।

हालाँकि दो हज़ार नौ में काफ़ी समय तक मुम्बई का फ़िल्म उद्योग व्यापारिक खींचातानी में रहा क्योंकि शायद मॉल और मल्टीप्लेक्सेज़ उस समय नये-नये आये थे। इस खींचातानी में भी मेरी दो फ़िल्मों का संगीत पूरे साल में बेजोड़ साबित हुआ। एक 'लव आजकल' का और दूसरा 'अजब प्रेम की गज़ब कहानी' का। अजब प्रेम की गज़ब कहानी—टिप्स संगीत कम्पनी की फ़िल्म थी। ये मेरा बहुत ज़ाती किस्म का तजुर्बा है कि किसी फ़िल्म कम्पनी के लिए संगीत बनाते हुए, संगीत बनाने की प्रक्रिया के दौरान बनने वाली कहानियाँ उतनी ही उबाऊ होती हैं जितना उबाऊ संगीत कम्पनियों के दफ़्तरों का माहौल। इस समय जो तथाकथित संगीतकार, किसी मशहूर कम्पनी के दफ़्तर में बैठा हुआ मशीन की तरह काम कर रहा है। और किसी पुराने गाने की कम्प्यूटर के सैम्पल म्यूज़िक से मरम्मत करके लोगों के सामने पेश करने की तैयारी कर रहा है, उसकी कहानी 15 इंच के स्क्रीन से आगे कैसे बढ़ सकती है।

'अजब प्रेम की गज़ब कहानी' के संगीत पे काम करते हुए ज़्यादा कोई कहानी नहीं बनी। निर्माताओं को पता था कि हिट एल्बम बनाना है और उसे फ़िल्म में फिट करके

लोगों के सामने पेश कर देना है। मुझे इस तरह से काम करने में कोई बुराई नहीं लगती। आख़िर इस फ़िल्म इण्डस्ट्री में हर कोई हिट के लिए ही तो लड़ रहा है।

इन सब बातों के बावजूद मैं यहाँ एक गाने के बारे में ज़िक्र करना चाहूँगा। इस गाने की धुन 'अजब प्रेम की गज़ब कहानी' से पहले दो फ़िल्मों में घूम आयी थी। ऐसा नहीं था कि धुन सुनाई गयी और रिजेक्ट हो गयी, बल्कि हुआ यह कि धुन सुनाई गयी और पहली बार में ही सेलेक्ट हो गयी। फिर मुझे और प्रीतम को लगा कि जिस फ़िल्म में यह धुन दी है वहाँ फ़िल्म की सिचुएशन के मुताबिक इस धुन के साथ न्याय नहीं होगा। इसलिए किसी बहाने को सहारा बना कर वो धुन उक्त फ़िल्म से वापस ले ली गयी। फिर कुछ देर बाद वही धुन किसी और फ़िल्म के निर्देशक को सुनाई उसे भी पसन्द आ गयी लेकिन उसी आशंका में हमने फिर धुन वापस ले ली। इस बार तो मैंने बोल भी लिख दिये थे :

बैरी बिछोड़े
पीछा ना छोड़ें
रब्बा दिलों को तोड़ें।...

(कैसे बतायें
क्यों तुझको चाहें
यारा बता ना पायें।...)

x x x

आख़िर फिर धुन वापस ले ली गयी, बोल वापिस बेकार हो गये। और अन्त में धुन नए बोलों के साथ इस फ़िल्म में आ गयी।

तू जाने न

कैसे बतायें
क्यों तुझको चाहें
यारा बता ना पायें

बातें दिलों की
देखो जो बाकी
आँखें तुझे समझायें

तू जाने न... तू जाने न...

मिलके भी हम न मिले तुमसे ना जाने क्यों
मीलों के हैं फ़ासले तुमसे ना जाने क्यों
अनजाने हैं सिलसिले तुमसे ना जाने क्यों
सपने हैं पलकों तले तुमसे ना जाने क्यों

कैसे बतायें
क्यों तुझको चाहें
यारा बता ना पायें

बातें दिलों की
देखो जो बाकी
आँखें तुझे समझायें

तू जाने न... तू जाने न...

निगाहों में देखो मेरी जो है बस गया
वो है मिलता तुमसे हू-ब-हू
जाने तेरी आँखें थीं या बातें थीं वजह
हुए तुम जो दिल की आरज़ू

तुम पास हो के भी
तुम आस हो के भी
एहसास हो के भी
अपने नहीं
ऐसे हैं हमको गिले तुमसे न जाने क्यों
मीलों के हैं फ़ासले तुमसे न जाने क्यों

तू जाने न... तू जाने न...

ख़यालों में लाखों बातें यूँ तो कह गया
बोला कुछ न तेरे सामने
हुए ना बेगाने भी तुम होके और के
देखो तुम ना मेरे ही बने

अफ़सोस होता है
दिल भी ये रोता है
सपने सँजोता है
पगला हुआ
सोचे ये, हम थे मिले तुमसे ना जाने क्यों
मीलों के हैं फ़ासले तुमसे ना जाने क्यों
अनजाने हैं सिलसिले तुमसे ना जाने क्यों
सपने हैं पलकों तले तुमसे ना जाने क्यों

कैसे बतायें
क्यों तुझको चाहें
यारा बता ना पायें

बातें दिलों की
देखो जो बाकी
आँखें तुझे समझायें

तू जाने न... तू जाने न...

तमन्ना

थोड़ा ठहर सुन ले ज़रा
दिल कह रहा दे ना सज़ा
यूँ बेवजह
रूठ कर मुझसे ना जा अभी
भूल कर शिकवा गिला सभी
प्यार का

आ जाओ मेरी तमन्ना
*बाँहों में आओ**
कि हो ना पायें जुदा हम
ऐसे मुझ में समाओ

हर घड़ी लग रही तेरी कमी
ले चली किस गली ये ज़िन्दगी
है पता लापता हूँ प्यार में

---

*इस गाने की ये पंक्ति आशीष पण्डित की लिखी हुई है, जो उस समय प्रीतम के सहायक थे और जिनका ज़िक्र मैं 'जब वी मेट' के दौरान कर चुका हूँ। और ये भी लिख चुका हूँ कि उन्होंने खुद कई हिट गाने लिखे हैं। मेरे लिए इस गाने को यहाँ देने की वजह उपर्युक्त जानकारी के अलावा एक और भी थी। ध्यान दीजिए कि गाने की एक ही पंक्ति की धुन को छोटी बहर में तोड़ कर मैंने कैसे तुक मिलाने की कोशिश की है। जैसे : 'ले चली-किस गली', 'है पता-लापता', 'वो नगर-वो डगर' आदि। हालाँकि यह कोई नयी बात नहीं थी लेकिन उस समय यह बात बहुत लम्बे समय के बाद हुई थी। ऐसे प्रयोग कभी नीरज किया करते थे। जैसे 'प्रेम पुजारी' फ़िल्म के 'रंगीला रे' गाने में उन्होंने लिखा है 'कहीं भी जाये रे—रोये या गाये रे—चैन ना पाये रे', मेरा प्रयोग असल में नीरज जी की नक़ल करने की या कहें कि उन जैसा होने की ही कोशिश है।

अनकही अनसुनी चाहत जगी
जो हुआ पहले हुआ नहीं
आज तुम कर लो ज़रा यक़ीं
प्यार का
आ जाओ मेरी तमन्ना...

रुत जवां, दिल जवां, हसरत जवां
तू है तो ये भी हैं सारे जवां
वो नगर वो डगर होगी हसीं
तू मिले प्यार से मुझको जहाँ
पाना है तुझको, ये दिल कहे
हर घडी अब तो नशा रहे
प्यार का
आ जाओ मेरी तमन्ना...

बाई गॉड

ओ बाई गॉड
चाहे मुझे जो चोरी-चोरी
मोहब्बतों की डोरी
जो बाँधे है पसन्द मुझको

ओ बाई गॉड
बोले जो तेरी मेरी जोड़ी

ख़ुदा ने ख़ुद जोड़ी
वो पाये रज़ामन्द मुझको

ओ आता हूँ जब सामने तेरे
लेता हूँ सपनों में फेरे
साँसों में और दिल में मेरे
बजे ये शहनाई

तेरे ख़यालों के उजालों में जागे
जागे तो पाया तुझे
बाँधे निगाहों ने मोहब्बत के धागे
लागे तू मेरा मुझे

ओ चाहत ने ली है अँगड़ाई
दूर हुई सारी तन्हाई
दिल ने दिल से ताल मिलाई
बाजे ये शहनाई

मेरे दुखों की दवा तेरे नैना
नैनों में चेहरा तेरा
क़िस्सा जवानी का जवां तुमसे है ना
है ना बता तू मेरा

x x x

यह गाना मैंने और प्रीतम ने बनाया था लेकिन ये फ़िल्म में नहीं। ये क्यों बना और फिर क्यों फ़िल्म में नहीं रखा गया अब ये भी ठीक से याद नहीं। आज के दिन मेरा अन्दाज़ा ये है कि शायद निर्माताओं को प्रीतम की धुन पसन्द आ गयी होगी उन्होंने सोचा होगा कि इसे भी फ़िल्म में रख लेते हैं एल्बम मज़बूत बन जायेगा। फिर शायद इरादा बदल गया हो। इस गाने को यहाँ देने का सिर्फ़ इतना सा मक़सद है कि पाठकों के साथ साँझा कर सकूँ कि कितने ही गाने हैं जो एक गीतकार लिखता है लेकिन लोगों तक उसका शायद वो सब काम पहुँच नहीं पाता। ये शायद सबके साथ होता है हमेशा होता है। ये शायद सबके साथ होगा और हमेशा होगा।

काली औरत का ख़्वाब

August

25

Saturday

SUN	MON	TUE	WED	THU	FRI
			1	2	3
5	6	7	8	9	10
12	13	14	15	16	17
19	20	21	22	23	24
26	27	28	29	30	31

अज्ज दिन चढ़ेआ तेरे रंग वरगा
फूल सा है खिला आज दिन

रब्बा मेरे दिन ये ना ढले
[वो जो थोड़े रखती फासले] वो जो अभी ख्वाब में मिले
उसे तू लगा दे अब गले
तैन्नू दिल दा वास्ता

रब्बा आया दर पे यार के
सारा जहां छोड़-छाड़ के
[दे दे मुझे उसका प्यार दे] मेरे सपने संवार दे..
तैन्नू दिल दा वास्ता

1. दौलत हो शोहरत हो या दिल (कोई) की चाहत हो
मांगा जिसने जो रब्बा तूने है दिया
मेरी भी आहों को सुन ले दुआओं को
मुझको वो मिला, मैंने जिसको दिल दिया
आस के प्यास के
उसको दे इतना बता
वो जो मुझे देख के हंसे
पाना चाहूं रात दिन जिसे
रब्बा मेरे नाम कर उसे

26 Sunday

तैन्नू दिल दा वास्ता ..

चाहे खज़ाना हो या कि ज़माना हो

SEPTEMBER						2007
SUN	MON	TUE	WED	THU	FRI	SAT
30						1
2	3	4	5	6	7	8
9	10	11	12	13	14	15
16	17	18	19	20	21	22
23	24	25	26	27	28	29

August
27
Monday

2. मांगा जो मेरा है जाता क्या तेरा है
मैंने कौन सी तुझसे जन्नत मांग ली
मेरे काम आया ना दिलबर दिलाया ना
तो क्या तू खुदा जो ना इतनी भी चली
चाहिये जो मुझे
कर दे तू मुझको अता
जीती रहे सल्तनत तेरी
जीती रहे आशिकी मेरी
दे दे मुझे ज़िन्दगी मेरी
तैनूं दिल दा वास्ता ---

*

कैसा खुदा है तू बस नाम का है तू
रब्बा जो तेरी इतनी सी भी ना चली
तू मेरी मैं तेरी
यूँ ही रहूँ मानता

बख्शा गुनाहों को सुनके दुआओं को
रब्बा प्यार है तूने सबको दे दिया

NEERA
hungama
sms LAK to 54646
SEE INSIDE FOR DOWNLOAD DETAILS
M.R.P.
Rs 149/-
One pre-recorded audio CD

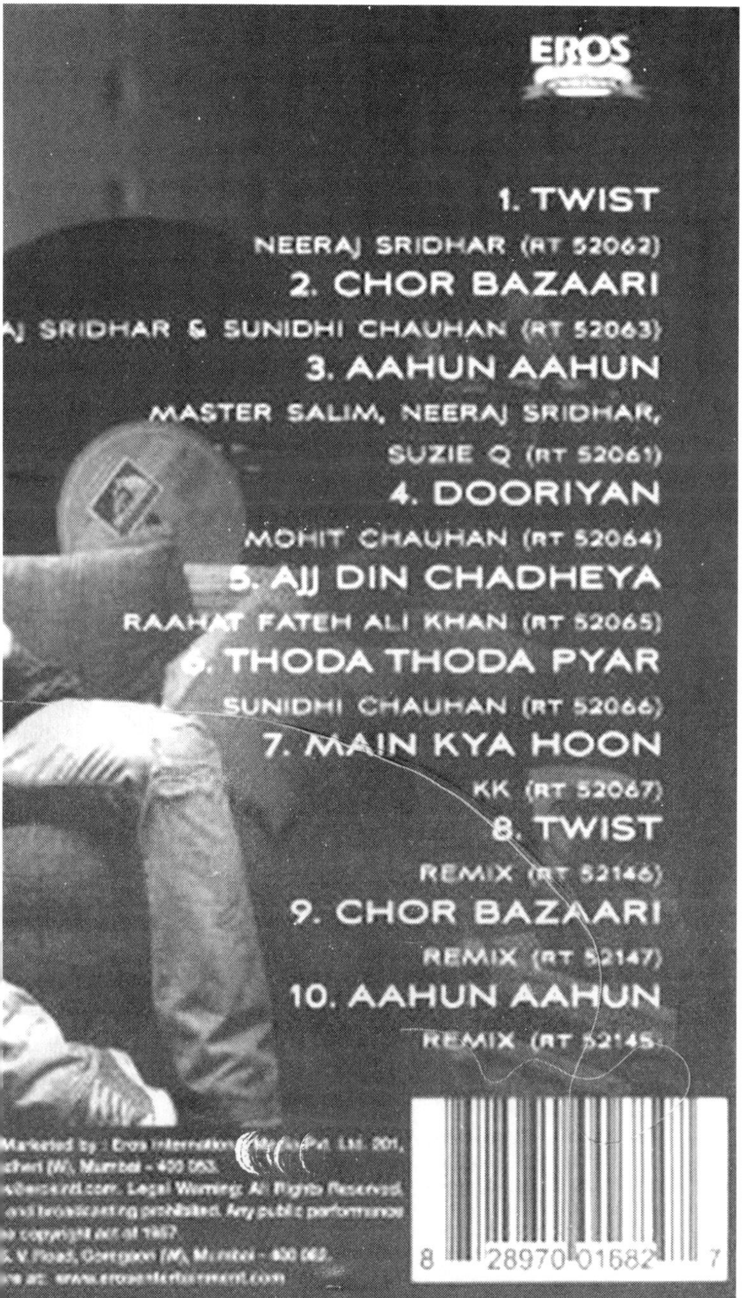
EROS
1. TWIST
NEERAJ SRIDHAR (RT 52062)
2. CHOR BAZAARI
AJ SRIDHAR & SUNIDHI CHAUHAN (RT 52063)
3. AAHUN AAHUN
MASTER SALIM, NEERAJ SRIDHAR,
SUZIE Q (RT 52061)
4. DOORIYAN
MOHIT CHAUHAN (RT 52064)
5. AJJ DIN CHADHEYA
RAAHAT FATEH ALI KHAN (RT 52065)
6. THODA THODA PYAR
SUNIDHI CHAUHAN (RT 52066)
7. MAIN KYA HOON
KK (RT 52067)
8. TWIST
REMIX (RT 52146)
9. CHOR BAZAARI
REMIX (RT 52147)
10. AAHUN AAHUN
REMIX (RT 52145)
8 28970 01682 7

ना देवें मुख मोड़ वे
नी [illegible] तोड़ वे
मैं [illegible] दी आस तूं
मेरी अंखियाँ दी प्यास तूं
आजा तूं तेरी लोड़ वे
ना मुख देवें मोड़ वे

मैं नचणा नी होर वे
तूं पीजा मैंनूं जोर वे
मैं थक गइयाँ हाणीयाँ
नी वार मेने माणीयाँ
कलाई ना मरोड़ वे
मैं नचणा नी होर वे

सानूं तूं लगदी गोरी
चांदी दी गोल कटोरी
चमके जवानी तेरी मारे लिश्कारे
पिंड दे कंवारे - पट्टते नी सारे
धड़ड मुटियारे नी तूं लक दे हुलारे

सानूं तूं लगदी गोरी
चांदी दी गोल कटोरी
चमके जवानी तेरी मारे लिश्कारे
अंग ने अंगारे - नैणां जे श्रृंगारे
अग्ग मुटियारे नी तूं अग्ग मुटियारे

रात ग्यारह बजे के आस-पास का वक़्त रहा होगा। वही जाना-पहचाना कमरा था। प्रीतम का सिटिंग रूम। वही मैं। वही इम्तिआज़। वही दो-चार सहायक। और सब चेहरों पर थी हलकी-सी मुस्कराहट। कामयाबी के बाद की मुस्कराहट। 'जब वी मेट' हर लिहाज़ से अव्वल आ चुकी थी। मुझे वो हिट मिल गयी थी जिसकी मुझे तलाश थी। इम्तिआज़ को वो हिट मिल गयी थी जिसका वो हक़दार था। प्रीतम को अब तक हिट की आदत-सी पड़ चुकी थी।

जैसे एक बार का खाना या सोना सारी उम्र के लिए काफ़ी नहीं होता ठीक उसी तरह एक हिट भी सारी उम्र के लिए काफ़ी नहीं होती। हर हिट के बाद अपनी नयी लड़ाई वहीं से शुरू करनी पड़ती है जहाँ से पिछली लड़ाई की शुरुआत हुई थी। फ़िल्म इण्डस्ट्री में कुदरत का ये क़ानून शायद सबसे ज़्यादा लागू होता है कि 'यहाँ कुछ भी स्थायी नहीं।' ख़ैर, कमरे में पल भर की गहरी ख़ामोशी थी क्योंकि अभी-अभी कहानी ख़त्म करके इम्तिआज़ ने लम्बी साँस लेकर हम सब की तरफ़ देखा था। सबकी आँखों में एक अजीब सा कन्फ्यूज़न

था। किसी ने कहा कहानी अच्छी है, किसी ने कहा थोड़ा बीच में जाकर कुछ समझ नहीं आयी, प्रीतम शायद सिर्फ़ मुस्कुराया क्योंकि दोस्त होने के नाते जितना मैं उसको जानता हूँ वो ज़्यादातर मौक़ों पर पॉलिटिकली कैरेक्ट रहना चाहता है। मैंने थोड़ी हिम्मत करके इम्तिआज़ को कहा, 'क्या हम किसी और कहानी पे पिक्चर नहीं बना सकते?' इम्तिआज़ समझ गया और मुस्कुराते हुए बोला, 'तुम लोगों को कहानी अच्छी नहीं लगी या समझ नहीं आयी?' सबने कहा नहीं कहानी तो अच्छी है पर... कुछ...

इम्तिआज़ ने काफ़ी आत्मविश्वास से कहा, 'पिक्चर तो यही बनाएँगे सर।'

मुझे नहीं पता था ये मेरा पहला क़दम था उस औरत की तरफ़ जो मेरे सपनों में आती थी। वो काली औरत जो पिछले 60-65 साल से एक हाथ ऊपर करके नृत्य की मुद्रा में खड़ी है। जिसका ख़्वाब हर वो इनसान देख रहा है जो अपने गाँव से बॉम्बे की फ़िल्म इण्डस्ट्री में कुछ बनने की गरज़ से रेलगाड़ी में बैठा है। जिसने इस महानगर में मुश्किल रातें बितायी हैं, जो दिन भर मारा-मारा फिरा है निर्माता, निर्देशकों के दफ़्तरों के चक्कर काटता हुआ।

मैं और प्रीतम दोनों निर्माता कम्पनी के दफ़्तर में इम्तिआज़ की तीसरी फ़िल्म का पहला कट देख चुके थे। और काफ़ी ख़ामोश थे। पल भर बाद हमने एक-दूसरे

की तरफ़ देखा और रत्ती भर मुस्कुरा दिया। हम एडिटिंग रूम से बाहर निकले तो सामने ही इम्तिआज़ खड़ा मिल गया और हम तीनों एक निजी कोना ढूँढ़ने के लिहाज से बालकोनी में जाकर खड़े हो गये। इम्तिआज़ हमारी तरफ़ देखकर मुस्कुराया।

'क्या इतनी ख़राब लगी कि कुछ बोल ही नहीं पा रहे हो?'

मैंने कहा, 'पिक्चर तो अच्छी है, अब एण्ड भी वर्क कर रहा है मेरे लिए।

मैं बता दूँ कि जब इम्तिआज़ ने 'लव आजकल' फ़िल्म की कहानी सुनाई थी तो मैंने एतराज़ जताया था। क्योंकि उस कहानी में जय और मीरा यानी आज के प्रेमी मिलते नहीं थे। मेरा एतराज़ यह था कि हम ये न दिखाएँ कि आज के प्रेमी मिलते नहीं, आज भी अगर प्रेम में शिद्दत हो तो लोग मिलते हैं। वो शिद्दत भले जिस्म के ज़रिये दिल तक पहुँची हो या दिल के ज़रिये जिस्म तक, ये उनका निजी मामला है। लेकिन हमें जय और मीरा को न मिलाकर कोई स्टेटमेण्ट नहीं देनी चाहिए। जिस पर इम्तिआज़ ने कहा था कि वो सोचेगा। फिर लन्दन में शूटिंग करते हुए एक रात अचानक इम्तिआज़ ने फ़ोन करके मुझे बताया कि उसने एण्ड बदल दिया, उसे मेरी बात सही लगने लगी थी, इसलिए उसने जय और मीरा को मिलवा दिया।

मैंने जब एण्ड वर्क करता है कहा तो प्रीतम ने कहा कि, ये थोड़ा अजीब है कि फ़िल्म का नाम है 'लव आजकल' और उसमें एक भी रोमाण्टिक गाना नहीं है।

इम्तिआज़ बोला, 'जगह कहाँ है?'

मैंने कहा, 'वहाँ जहाँ सरदार सैफ़ कलकत्ता अपनी प्रेमिका को मिलने जाता है।'

प्रीतम, 'हाँ, वहाँ गाना हो सकता है।'

इम्तिआज़, 'नहीं, यार अभी फ़िल्म बहुत टाइट है, गाना डालूँगा तो लूज़ हो जायेगी।'

प्रीतम, 'नहीं, तुम बिल्कुल मत छेड़ो पिक्चर को, मैं उतनी ही जगह में धुन बनाता हूँ जितनी जगह में वो मॉन्टाज है।'

मैंने कहा, 'सही आइडिया है।'

इम्तिआज़ ने कहा, 'सालो तुम्हारे चक्कर में मैं अपनी फ़िल्म ख़राब नहीं करूँगा।'

प्रीतम ने मेरी तरफ़ देखते हुए कहा, 'हम गाना बनाते हैं। अच्छा लगा तो रख लेना, नहीं तो ना सही।' मैंने भी हामी भरी तो हमने फ़िल्म बनने और एडिट होने के बाद इस गाने पे काम करना शुरू किया।

x x x

फ़िल्म में 'लव आज' का तो गाना था 'चोर बाज़ारी' जिसे हिन्दी फ़िल्मों का पहला ब्रेकअप गाना कहा जाता है। अब ज़रूरत 'लव कल' के एक गाने की थी। निर्देशक

बातों-बातों में ये बता चुका था कि अगर गाने में कोई पुराना रेफ़रेन्स आ जाये तो बात और सटीक हो जायेगी। कहानी में पुराने साठ-सत्तर के दशक के प्रेम की बात हो रही थी। तो मैंने सोचा किरदार सरदार भी है और सत्तर का दशक भी है और प्रेम भी है तो क्यों न पंजाबी के मशहूर शायर शिव कुमार बटालवी की किसी पंक्ति को सन्दर्भ (रेफ़रेन्स) के तौर पे इस्तेमाल किया जाये? मैंने शिव को पहले भी काफ़ी पढ़ा था और अब भी पढ़ता रहता हूँ तो उसकी एक पंक्ति 'अज्ज दिन चढ़ेया तेरे रंग वरगा' इस्तेमाल करने का मेरा मन हुआ।

मैं सुबह-सुबह इम्तिआज़ के घर गया, चाय पी, इधर-उधर की बात की और फिर ये छह शब्द सुनाये 'अज्ज दिन चढ़ेया तेरे रंग वरगा' और पूछा कि अगर गाने की शुरुआत यहाँ से हो तो कैसा रहे? इम्तिआज़ को बात बहुत सटीक लगी। अब मसला ये था कि इन छह शब्दों को इस्तेमाल करने की अनुमति कैसे मिले। इस मामले में मेरी मदद हरियाणा सरकार के सांस्कृतिक विभाग से रिटायर हुए मेरे बड़े भाई सरीखा कमल तिवारी साहिब ने की। उन्होंने जनाब दीपक मनमोहन जी से बात की जो कि बटालवी साहिब की पत्नी और बेटे को जानते थे। तो कमल भाई साहिब और दीपक मनमोहन जी की मदद से मैं 'अज्ज दिन चढ़ेया तेरे रंग वरगा' सुनने वालों तक पहुँचा सका। मुझे ये

कहने में काफ़ी फ़ख़्र महसूस होता है कि शायद मौजूदा हिन्दी फ़िल्म इण्डस्ट्री की ये शिव कुमार बटालवी के साथ पहली जान पहचान थी।

मैं ये छह शब्द लेकर प्रीतम के पास पहुँचा और उसने धुन पे काम करना शुरू कर दिया। एक-दो दिन के बाद मुझे प्रीतम का फ़ोन आया कि आज इम्तिआज़ को धुन सुननी है बारह बजे लेकिन आप ग्यारह बजे आ जाओ मैं आपसे कुछ बात करना चाहता हूँ।

मैं ग्यारह बजे पहुँचा तो प्रीतम ने कहा इरशाद भाई मेरे पास दो धुनें हैं इम्तिआज़ हैं लिए। जिनमें से एक मुझे बहुत पसन्द है और वो पूरी भी है तो मैंने आपको इसलिए बुलाया है पहले ताकि आपको दोनों धुनें सुना सकूँ और बता सकूँ कि कौन-सी धुन मुझे पसन्द है। आप भी कहना कि आपको यही धुन पसन्द है। मैंने कहा अगर आपको पसन्द है तो मुझे कहने में क्या एतराज़ है क्योंकि आप अपना काम बेहतर जानते हैं।

तो जनाब, इम्तिआज़ आया। प्रीतम, मैं और प्रीतम का एक और सहयोगी मित्र आशीष पण्डित, हम सब तैयार हो गये इम्तिआज़ को धुन सुनाने के लिए और उस धुन की तारीफ़ करने के लिए जो प्रीतम को पसन्द थी। प्रीतम ने बहुत मन से धुन सुनाई फिर इम्तिआज़ की तरफ़ देखा, तो इम्तिआज़ बोला, 'अच्छी है लेकिन कोई और भी है क्या?' हम सब ने इम्तिआज़ को थोड़ी देर ये

ज़ाहिर करने की कोशिश की कि जो धुन सुनाई गयी है उससे बेहतर कोई धुन हो ही नहीं सकती। ख़ैर, कुछ देर बाद प्रीतम ने दूसरी धुन भी सुनाई, ये धुन इम्तिआज़ को तुरन्त पसन्द आ गयी। प्रीतम ने फिर कोशिश की और कहा कि, 'सर जो धुन पहले सुनाई थी वो बहुत बेहतर है।' इम्तिआज़ ने कहा, 'मैं मानता हूँ बहुत ही अच्छी धुन है और शायद दूसरी धुन के मुक़ाबले हिट होने की ज़्यादा गुंजाइश है उसमें लेकिन मुझे दूसरी धुन पसन्द है मुझे वही चाहिए।'

मैंने दूसरी धुन पे गाना लिख दिया जिसकी वजह से, एक बहुत छोटे क़सबे से रेलगाड़ी में बैठकर बॉम्बे आने वाले एक अदना से लड़के का ख़्वाब पूरा हुआ। काली औरत का ख़्वाब।

अज्ज दिन चढेया

अज्ज दिन चढेया तेरे रंग वरगा
फूल सा है खिला आज दिन
रब्बा मेरे दिन ये ना ढले
वो जो मुझे ख़्वाबों में मिले
उसे तू लगा दे अब गले
तैनू दिल दा वास्ता

रब्बा आया दर ते यार के
सारा जहाँ छोड़ छाड़ के

मेरे सपने सँवार दे
तैनू दिल दा वास्ता

अज्ज दिन चढेया तेरे रंग वरगा

बख़्शा गुनाहों को, सुनके दुआओं को
रब्बा प्यार है तूने सबको ही दे दिया
मेरी भी आहों को, सुन ले दुआओं को
मुझको वो दिला, मैंने जिसको है दिल दिया
आस वो प्यास वो उसको दे इतना बता
वो जो मुझको देख के हँसे
पाना चाहूँ रात दिन जिसे
रब्बा मेरे नाम कर उसे
तैनू दिल दा वास्ता

अज्ज दिन चढेया तेरे रंग वरगा

माँगा जो मेरा है, जाता क्या तेरा है
मैंने कौन-सी तुझसे जन्नत माँग ली
कैसा खुदा है तू, बस नाम का है तू
रब्बा जो तेरी इतनी सी भी न चली
चाहिए जो मुझे कर दे तू मुझको अता
जीती रहे सल्तनत तेरी,

जीती रहे आशिक़ी मेरी
दे दे मुझे ज़िन्दगी मेरी,
तैनू दिल दा वास्ता

अज्ज दिन चढेया तेरे रंग वरगा

x x x

इस गाने में कुछ भाग एक लोकगीत 'कदी ते हस्स बोल' का भी है। धुन वही लोकगीत की थी लेकिन मैं बोल बदलना चाहता था। मगर मेरी चली नहीं, अब सोचता हूँ नहीं चली तो अच्छा ही हुआ। 'आहूँ आहूँ' को इस्तेमाल करने का विचार प्रीतम के सहायक और हमारे मित्र आशीष पण्डित की तरफ़ से आया था। ये भी तय हो गया था कि गाना कौन गायेगा। मैंने गाना पूरा लिख भी दिया। फिर जैसा कि होता है सबने मिलकर एक समय स्टूडियो में बैठ कर गाना सुना लेकिन कुछ कम लगा। समझ में नहीं आ रहा था कि क्या कमी है। मास्टर सलीम की आवाज़ सही लग रही थी, नीरज श्रीधर बहुत बढ़िया गायकी कर चुके थे, मैं और इम्तिआज़ गाने के बोलों पर बीसियों बार बहस कर चुके थे, फिर ऐसा क्या था जो कम था इस गाने में?

वो शाम आज भी मेरे ज़हन में बिल्कुल ताज़ा है। प्रीतम के स्टूडियो का कमरा जिसकी एक दीवार लाल रंग

की थी और दीवार के साथ ज़रूरत से ज़रा ज़्यादा चौड़ा, तख़्तपोश-नुमा सोफ़ा लगा था। साथ में खिड़की थी जिसपे बैठा जा सकता था। खिड़की के बिल्कुल सामने एक छोटी-सी सेटी थी। मैं और इम्तिआज़ खिड़की में बैठे थे, प्रीतम और नीरज सोफ़े पर और आशीष सामने सेटटी पर बैठा था। कोशिश उस कमी को ढूँढ़ने की हो रही थी जो अभी गाने में कहीं थी मगर नज़र नहीं आ रही थी। गाना प्यार की फीलिंग तो दे रहा था लेकिन यह प्यार 'आज' का और बीते 'कल' का एहसास नहीं दे रहा था। मुझे ठीक से याद नहीं कि यह किसने कहा मगर बात यह थी कि क्यों न गाने में कोई-कोई लाइन अंग्रेज़ी की रख ली जाये। करना कुछ नहीं था लिखी हुई किसी एक लाइन को अंग्रेज़ी में अनुवाद मात्र करना था। यह काम नीरज आसानी से कर सकता था क्योंकि वो अंग्रेज़ी भी जानता था गाने का चलन भी और ख़ुद उस गाने को गा भी रहा था। तो नीरज के साथ सब लोग अनुवाद में लग गये। फिर उन अंग्रेज़ी पंक्तियों को जब गाया गया और उसके बाद गाना सुना गया तो सबके चेहरे पे मुस्कान आ गयी। कुछ बातें इतनी सरल होती हैं कि अकसर अनदेखा हो जाती हैं लेकिन उस सरलता को अहमियत देना बेहद ज़रूरी होता है ताकि बात, विचार या एहसास पूरा हो सके।

लीजिए पहले वो बोल देख लीजिये जो असल गाने से पहले का ड्राफ्ट था :

'कदी ते हस्स बोल...' की जगह थीं नीचे लिखी पंक्तियाँ :

ना ऐवें मुख मोड़ वे
ना दिल साडा तोड़ वे
है जिन्दड़ी की आस तू
है अक्खियों की प्यास तू
असां नूं तेरी लोड़ वे
ना ऐवें मुख मोड़ वे...
मैं नच्चणा नईं होर वे
तू पा ना मैनूं ज़ोर वे
मैं थक गईआं हाणियाँ
ना कर मनमानियाँ
कलाई ना मरोड़ वे
मैं नच्चणा नईं होर वे...

आहूँ आहूँ

कदी ते हस्स बोल वे, ना जिन्द साड्डी रोल वे
तू आजा दिल जानियाँ, वे कर मेहरबानियाँ
आ सानु तेरी लोड़ वे, न जिन्द साड्डी रोल वे

मोहब्बत मुश्किल भारी, बड़ी ही मस्त बीमारी
you wanna let it go on n on

मोहब्बत लम्बी यारी, बिना परमिट के जारी
you get to ride it come on

दिल ने दिल मँगना मँगना, इश्क़े में रँगना रँगना
जीते जी इसने है रब्ब नु मिलाना
अक्ख लड़ जाना, मर मुक्क जाना,
इको है कहानी बस बदले ज़माना
आहूँ आहूँ आहूँ, आहूँ आहूँ आहूँ

मोहब्बत फिसलन बाज़ी, पुरानी होकर ताज़ी
you never see it going old
मोहब्बत से रब्ब राज़ी, दिलों की सौदे बाज़ी
Bofore you know it ur heart is sold
नैनों ने लड़ना लड़ना, पंगा भी पड़ना पड़ना
झगड़े में नैनों के ये दिल लुट जाना
अक्ख लड़ जाना, मर मुक्क जाना,
इको है कहानी बस बदले ज़माना...आहूँ आहूँ आहूँ...

निशानियाँ ना खोनी हैं, सोहनी हैं साँसों में पिरोनी हैं
बातें तेरी
हैरानियाँ हालातों की रातों की तेरी मुलाकातों की बातों
की
बातों ने चलना चलना, रातों ने जलना जलना

जल के मोहब्बतों में फिर फिर जुट जाना
अक्ख लड़ जाना, मर मुक्क जाना,
इको है कहानी बस बदले ज़माना
आहूँ आहूँ आहूँ , आहूँ आहूँ आहूँ

x x x

कुछ होता है वहाँ, जहाँ आपका बचपन बीता हो। कोई खुशी हमेशा पड़ी रहती है वहाँ मिट्टी में दबी हुई। कोई ऐसा एहसास जो और कहीं नहीं होता। शायद यही कारण होता है कि जब भी हम अपने उस बचपन के साथी गाँव, क़सबे या शहर की बात करते हैं तो मन रोमांच से भर जाता है। हर बार ऐसा होता है मेरे साथ मलेरकोटला जाने के नाम पर।

मैं मलेरकोटला में हूँ और दो दिन बाद वापस बॉम्बे चला जाऊँगा। जितनी देर हूँ उतनी देर अपने इस बचपन के साथी क़सबे को भरपूर जी लूँ। ये सोचता हुआ मैं एक गली से निकल कर सड़क पर आने वाला हूँ। जैसे ही सड़क पर पहुँचता हूँ तो देखता हूँ कि एक गाड़ी बहुत तेज़ी से सड़क पर दौड़ती हुई मेरी तरफ़ आती है और मेरी दाहिनी टाँग को ज़ोरदार टक्कर मार कर आगे बढ़ जाती है। मैं गिरता हूँ, गिर के पलभर बदहवास होने के बाद अपने आप को सँभालता हूँ और उठने लगता हूँ लेकिन उठ नहीं पाता। दाहिनी टाँग बेहद दर्द कर रही है। इतना दर्द जो चीख को गले में घोंट देता है। आसपास के लोग

इकट्ठा हो जाते हैं, मुझे उठा कर रिक्शा में बिठाया जाता है, घर ले जाने की बजाय डॉक्टर के पास ले जाया जाता है। मैं अपने सारे दर्द को ऐसे सहने की कोशिश कर रहा हूँ जैसे कुछ हुआ ही न हो। इतवार है डॉक्टर तो छुट्टी पे है। किसी प्राइवेट डॉक्टर के यहाँ क्लिनिक की तरफ़ रिक्शा मुड़ता है। क्लिनिक में एक्स-रे होता है। ओह! दाहिनी टाँग तो तीन जगह से टूट गयी। दो दिन बाद बॉम्बे जाने का कार्यक्रम दो महीने बिस्तर पर पड़े रहने में बदल गया। मेरे बिस्तर के पास बैठी मेरी अम्मी का उदास चेहरा और भरी हुई आँखें आज भी याद हैं मुझे।

दो दिन बीते, तीसरा दिन गया, चौथा दिन गुज़रा और पाँचवें दिन इम्तिआज़ का फ़ोन आया।

'इरशाद भाई आप आ गये बॉम्बे?'

'नहीं यार अभी मलेरकोटला में ही हूँ। मेरा एक्सीडण्ट हो गया है और टाँग टूट गयी है।'

'ओह नो! अब?'

'अब क्या? कम से कम छह हफ़्ते यहीं रहना पड़ेगा।'

'हम्म्म, तो ठीक है मैं गाने की शूटिंग कुछ दिन आगे बढ़ाता हूँ। आप अपना ख़याल रखो और बिल्कुल फ़िक्र न करो किसी बात की, मेरे लायक कुछ हो तो लेट मी नो। ओके?'

'ओके'!

इम्तिआज़ की शूटिंग थी दिल्ली में। सैफ़ और दीपिका की डेट थी उसके पास। 'चोरबाज़ारी' गाना शूट होना था। मेरे बॉम्बे लौटने के बाद हम सिटिंग करेंगे। प्रीतम धुन बनायेगा और मैं गाना लिखूँगा। निर्देशक गाना कोरियोग्राफर यानी नृत्य निर्देशक के साथ डिस्कस करेगा। फिर उस गाने को अच्छे से फ़िल्माया जायेगा। पर अब ये सब कैसे होगा? गीतकार तो अपनी टाँग तुड़वा कर बिस्तर पर पड़ा हुआ था।

तक़रीबन दो घण्टे बाद मुझे उस फ़िल्म के निर्माता का फ़ोन आया। मैंने फ़ोन उठाया तो उसके तेवर और आवाज़ में चिन्ता ही चिन्ता थी।

'अरे इरशाद भाई आपका एक्सीडेण्ट हो गया?'

'हाँ यार बस ऐसे ही बैठे बिठाये पंगा पड़ गया'

'हाँ ज़्यादा तो नहीं लगी न?'

'बस टांग तीन जगह से टूट गयी बाकी तो सब ठीक ही है।'

'सो सैड, वैसे आप खा-पी रहे हो? बैठ पा रहे हो?'

'हाँ खा-पी तो रहा हूँ जितना खाना-पीना चाहिए और बिस्तर पे बैठा भी रहता हूँ।'

'हम्म्म। तो इरशाद भाई अपनी पाँच दिन बाद दिल्ली में गाने की शूटिंग है। प्रीतम ने धुन दे दी है। मैं ऐसा करता हूँ आपको बड़ी गाड़ी भेजता हूँ जिसमें आप आराम से लेट सको। हम दिल्ली आ ही रहे हैं आप भी

आ जाओ वहीं दो दिन में गाने के बोल फाइनल करके रिकॉर्ड कर लेंगे।'

मुझे 'शो मस्ट गो ऑन' का अंग्रेज़ी फ्रेज़ याद आया। इस फ्रेज़ के पीछे मुझे कभी कोई बहादुरी नहीं लगी बल्कि मजबूरी लगी है। पुरानी ऐसी बहुत-सी कहावतें और मुहावरे हैं जो आज के दौर में या तो बेमानी हैं या उनके अर्थ वो नहीं रहे जो कभी थे। ख़ैर निर्माता की इस बात से मुझे समझ में आया कि हर इनसान की अपनी मजबूरियाँ होती हैं। मोहब्बत, हमदर्दी, एहसास, इनसानियत या ऐसे ही बहुत से और शब्दों का मतलब आपके लिए तभी तक है जब तक कि वो आपको किसी असुविधाजनक हालात में नहीं डालते।

निर्माता के लिए मुश्किल ये थी कि अगर वो शूटिंग की तारीखें आगे करता तो उसका शेड्यूल बिगड़ जाता। मुझे उसकी बात सुन कर थोड़ा दुःख ज़रूर हुआ, मन में ये बात भी आयी कि अगर किसी फ़िल्म के हीरो के साथ ऐसा हादसा पेश आये तो भी क्या निर्माता 'शो मस्ट गो ऑन' जैसे फ्रेज़ का इस्तेमाल करेगा? ये परदे के पीछे काम करने वालों की कितनी बड़ी त्रासदी है कि कोई भी दर्शक उनके योगदान की अहमियत को नहीं समझता। आम दर्शक के लिए हीरो या हीरोइन से आगे शायद कुछ नहीं होता। यह हमारे ज़्यादातर सिनेमाई दर्शकों की सोच की गहराई की मिसाल है। गायक से आगे उनको गाने

के बारे में नहीं पता होता। हीरो-हीरोइन से आगे उनको फ़िल्म के बारे में नहीं पता होता। मनोरंजन की चीज़ों में गहरी रुचि रखना भी एक कला है।

ख़ैर, जब मुझे लगा कि गाने की शूटिंग को दो-चार दिन से ज़्यादा आगे कर पाना सम्भव नहीं तो मैंने कहा आप मुझे धुन भेजिये मैं देखता हूँ क्या हो सकता है। अब तक मेरे बड़े भाई सलीम मुझे मलेरकोटला से चण्डीगढ़ ले आये थे और मेरा इलाज एक बहुत ही अच्छे ऑर्थो से शुरू करवा चुके थे। ये ऑर्थो जनाब प्रदीप अग्रवाल साहिब भी कमाल के आदमी थे, अब भी कमाल के ही होंगे। मेरी आदत नहीं कि मैं लोगों को छिछोरे लोगों की तरह अपने बारे में बढ़-चढ़कर बताऊँ। कहीं-कहीं जहाँ मुझे लोग शक्ल से नहीं पहचानते वहाँ मैं बताता नहीं कि मैं क्या काम करता हूँ। लेकिन मेरे बड़े भाई गर्व महसूस करते हैं ये बताने में कि मेरा छोटा भाई फ़िल्मों में गाने लिखता है और उसके गाने मशहूर भी होते हैं। उन्होंने इस डॉक्टर साहिब को भी बताया 'ये इरशाद कामिल' है। मैंने बड़े भाई को देखा भर लेकिन वो डॉक्टर से बात कर रहे थे तो मुझे क्यों देखते? डॉक्टर ने पूछा, 'कौन इरशाद कामिल?' बड़े भाई ने कहा, 'वही जिन्होंने 'जब वी मेट' के गाने लिखे हैं। 'जब वी मेट' के गाने उन दिनों पूरे देश में सुने जा चुके थे। जब बड़े भाई ने ज़रा गर्व से अपनी बात रखी

तो डॉक्टर साहिब के तो चेहरे का रंग ही बदल गया। 'क्या, क्या बात कर रहे हैं आप? इन्होंने लिखे हैं वो सब गाने?' बड़े भाई ने ज़रा मुस्कुराकर कहा, 'हाँ मेरा छोटा भाई है।'

डॉक्टर की एक आँख में हैरानी थी और दूसरी आँख में शक़। उसने होंठों की तह में कहा, 'सच?'

बड़े भाई ने हाँ में सर हिला दिया। डॉक्टर ने एक नज़र मुझे देखा और फिर एक नज़र मेरे बड़े भाई को। शायद शक्ल मिलाने की कोशिश कर रहा था। पल भर बाद उसने कहा, 'हॉस्पिटल आते हुए और हॉस्पिटल से घर जाते हुए उसी फ़िल्म के गाने सुनता हूँ आजकल। आपके लिखे गानों से सारी टेंशन दूर हो जाती है। मैं तो कहता हूँ सरकारी छुट्टी आप जैसे समाज सेवकों के जन्मदिन पर होनी चाहिए।'

मैंने थोड़ा हिचकिचाहट के साथ दोहराया, 'समाज सेवक?'

डॉक्टर ने जवाब दिया, 'जी, समाज सेवक। आपको नहीं पता इस तनाव भरी ज़िन्दगी में अगर संगीत न हो तो क्या हो जाये। म्यूज़िक न बनें अच्छे-अच्छे गाने न लिखें जायें तो रह क्या जायेगा ज़िन्दगी में?' उस समय मुझे उसकी बातें और अपने लिखे गानों की तारीफ़ें थोड़ी ज़रूरत से ज़्यादा लगीं। लेकिन वो बात सिर्फ़ कहने के लिए नहीं कह रहा था। यह यक़ीन मुझे तब हुआ जब

उसने मेरे इलाज के पैसे लेने से मना कर दिया। उस पल मुझे अच्छे गीत संगीत पर सचमुच फख्र हुआ। मुझमें उस हालत में भी गाना लिखने की हिम्मत आयी। मैंने एक्सीडेण्ट की हालत में लिखा था ये 'चोर बज़ारी' गाना, जिसने मुझे मेरी ज़िन्दगी का पहला अवार्ड यानी स्क्रीन अवार्ड दिलाया था।

चोर बज़ारी

चोर बज़ारी दो नैनो की, पहले थी आदत जो हट गयी
प्यार की जो तेरी मेरी उम्र आई थी वो कट गयी
दुनिया की तो फिकर कहाँ थी, तेरी भी अब चिन्ता घट गयी

तू भी तू है, मैं भी मैं हूँ, दुनिया सारी देख उलट गयी
तू ना जाने मैं ना जानूँ, कैसे सारी बात पलट गयी
घटनी ही थी ये भी घटना, घटते घटते लो ये घट गयी
चोर बजारी दो नैनों की, पहले थी आदत जो हट गयी

तारीफ़ तेरी करना, तुझे खोने से डरना
भूल गया अब तुझपे दिन में चार दफा मरना
प्यार खुमारी उतारी सारी, बातों की बदली भी छट गयी
हमसे मैं पे आयी ऐसे, मुझको तो मैं ही मैं रट गयी
एक हुए थे दो से दोनों, दोनों की अब राहें कट गयीं

अब कोई फ़िक्र नहीं, ग़म का भी ज़िक्र नहीं
होता हूँ मैं जिस रस्ते पे आये ख़ुशी वहीं
आज़ाद हूँ मैं तुझसे, आज़ाद है तू मुझसे
जो जी चाहे, जैसा चाहे, करले आज यहीं
लाज शर्म की छोटी मोटी जो थी डोरी, वो भी कट गयी
चौक चौबारे गली मोहल्ले, खोल के मैं सारे घूँघट गयी

तू न बदली मैं न बदला, दिल्ली सारी देख बदल गयी
एक घूँट में दुनियादारी की मैं सारी समझ निगल गयी
रंग बिरंगा पानी पी के, सीधी सादी कुड़ी बिगड़ गयी
देख के मुझको हँसता गाता सड़ गयी ये दुनिया सड गयी

x x x

लन्दन अब बहुत से भारतीयों से ज़्यादा दूर नहीं रहा, अकसर घूमने के शौक़ीन लोगों का वहाँ आना-जाना होता रहता है। हमारे पंजाब में तो इसके बारे में मज़ाक़ भी चलता है। जब कोई पहली बार इंग्लैण्ड जाकर आता है तो दोस्त पूछते हैं, 'ओये वहाँ किसी गोरी चमड़ी वाले से भारत की गुलामी का बदला लेकर आया या नहीं। 'इस मज़ाक़ का मतलब जो भी होता हो लेकिन ये बात आम है। फ़िल्म वाले भी अकसर शूटिंग करने के लिए इंग्लैण्ड का रुख करते रहते हैं। इम्तिआज़ भी 'लव आजकल' का कुछ हिस्सा शूट करने के लिए वहाँ हो

आया था। हालाँकि वो पहली बार नहीं गया था लेकिन इस बार उसने उस देश को किसी और नज़र से देखा था। वहाँ के कुछ पब भी घूमे थे क्योंकि फ़िल्म का एक गाना वहाँ के पब में होना था। लौटकर आने के बाद एक शाम वो काली कॉफ़ी के साथ उधर की बातें करने लगा। वहाँ जो है, जैसा है क्यों है। उसकी बातों से ही मुझे पता चला कि एक तबका है जो वहाँ के भारतीयों को कोकोनेट कहता है। वजह ये है कि जो लोग एक-दो पीढ़ी से वहाँ हैं उनके बच्चे दिखने में भूरे यानी भारतीयों की तरह लगते हैं लेकिन अन्दर से वो सफ़ेद यानी अंग्रेज़ हो चुके हैं। अपनी इंग्लैण्ड यात्राओं के दौरान ये बात मैंने भी महसूस की थी लेकिन अपनी इस भावना को 'कोकोनेट' जैसा कोई शब्द नहीं दे पाया था। जैसे मुझे एक बार का क़िस्सा याद है।

मैं साउथ हॉल के गुरुद्वारे के आगे से गुज़र रहा था पैदल, ऐसे ही टहलने के अन्दाज़ में। मेरे साथ मेरा दोस्त तेजवंत किट्टू भी था जिसका उन दिनों वहाँ रिकॉर्डिंग स्टूडियो भी था। हम दोनों कुछ देर के लिए गुरुद्वारे के पास रुक गये। इतनी देर में एक अठारह-उन्नीस साल का लड़का वहाँ से गुज़रा जो किट्टू को जानता था। किट्टू ने सहजता से पूछा, 'व्हाट्स उप कैरी।'

'आल गुड' उसने कहा।

किट्टू ने पूछा, 'पापा ठीक ए?'

'ठीक ई होऊ हैव नॉट सीन सिन्स यस्टरडे'

किट्टू ने फिर पूछा, 'आज तू कैसे गुरुद्वारे?'

उसने बहुत साधारणता से जवाब दिया, 'मम्मा कहती गुरुद्वारे जा, वो आती है तो मैं भी आ गया।' यह बात उसने पंजाबी में ऐसे कही जिससे मुझे उसकी ज़िन्दगी में गुरुद्वारे का महत्त्व समझ में आ गया।

ऐसे ही कई ऑब्जरवेशन मुझे इम्तिआज़ ने भी बताये जैसे उसने कहा, आजकल वहाँ विकड (Wicked) शब्द बहुत पॉपुलर है। वहाँ अकसर पंजाबी लोग एक मूल शब्द से मिलता-जुलता शब्द, मूल शब्द के साथ बोलते हैं जिसका असल में कोई मतलब नहीं होता जैसे रोटी-शोटी, पानी-शानी, घर-घुर आदि।

ऐसा होता है हम जिस भूगोल या इतिहास में रहते हैं वो भूगोल-इतिहास कब हमारे किरदार में दिखाई देने लगता है हमें पता ही नहीं चलता।

इंग्लैण्ड में बसते पंजाबियों की नब्ज़ को ध्यान में रखते हुए मैंने 'ट्विस्ट' गाना लिखा। धुन पे लिखा गाना था जिसके बोल पढ़ कर प्रीतम ने कहा, 'मुझे बहुत कुछ समझ में नहीं आया पर वर्ड्स का साउण्ड बहुत अच्छा है।' बोलों की ध्वनि भी गीत को एक किरदार देती है।

ट्विस्ट

Let's have some रौनक शौनक
Let's have some party now
Let's have some रौला रप्पा,
Let's have some ढोल धमाका
Let's call the ढोली *now*
Let's have some अड्डी टप्पा
चलो चलो जी लक्क लचका लो
चलो चलो जी मौज मना लो
चलो चलो जी नच लो गा लो
पकड़ किसी की *Wrist*
And we twist, we twist, we twist, we twist...

wicked-Shicked सी दुनिया चल्ले,
फेर वी झल्ले
बल्ले बल्ले, हो गयी, हाँ हो गयी
हो... हँसी खुशी में ग़म की गुड्डी
हवा में उड्डी
बो काटा लो, खो गयी, हाँ खो गयी
छोडो छोडो सब रोने धोने,
छोड़ो छोडो दुःख आधे पौने
देखो देखो दिन सोहणे-मोहणे
यही *life ki gist*
And we twist, we twist, we twist, we twist

सोहणे-मोहणे मल्लो-मल्ली,
कर गये टल्ली
आँख वाँख सी, लड़ गयी, हाँ लड़ गयी
बोतल-शोतल खोली बिना,
बिन पीते ही, चढ़ गयी, हाँ चढ़ गयी
ओ ओ ओ देखो देखो सब घूम रहा है
देखो देखो जग झूम रहा है
यहाँ वहाँ दिल ढूँढ़ रहा है
अब खुशियों की लिस्ट

Everybody in spot tonite

And we twist, we twist, we twist, we twist
Let's start some रौनक शौनक,
Let's have some party now
Let's have some रौला रप्पा,

Let's have some ढोल धमक्का,
Let's call the ढोली now
Let's have some अड्डी टप्पा
चलो चलो जी लक्क लचका लो,
चलो चलो जी मौज मना लो
चलो चलो जी नच लो गा लो,
पकड़ किसी की रिस्ट

And we twist, we twist, we twist, we twist

अब यहाँ मैं वो बात लिखता हूँ जो इस फ़िल्म के बारे बात में करते हुए मुझे सबसे पहले लिखनी चाहिए थी। वो बात ये है कि सफलता का बोझ कई बार सृजन की राह में रोड़ा बन जाता है। इस बात का एहसास मुझे 'जब वी मेट' की सफलता के बाद हुआ था। बॉम्बे की महानगरी में अपने लिए जगह बनाते-बनाते संघर्ष की इतनी आदत पड़ गयी थी कि सफलता का स्वाद समझ में नहीं आया। कुछ देर के लिए मैं ये भूल गया था कि मैंने सफल गाने नहीं लिखे हैं 'जब वी मेट' में बल्कि मैंने वैसे ही गाने लिखे हैं जैसे मैं लिखना जानता हूँ लेकिन लोगों की पसन्द ने उन्हें सफल बना दिया है। हिन्दी के प्रसिद्ध नाटककार मोहन राकेश ने अपने नाटक 'आषाढ़ का एक दिन' में कहा भी है, 'इनसान की अपनी प्रतिभा पच्चीस प्रतिशत होती है पचहत्तर प्रतिशत उसे लोग बनाने हैं।'

पिछली सफलता के बाद तय ये हुआ कि अगली फ़िल्म यानी 'लव आजकल' की म्यूज़िक सिटिंग्स खंडाला में जा कर करते हैं। इस फ़िल्म का शुरुआती अस्थायी नाम 'इलास्टिक' था। प्रीतम को उन दिनों खण्डाला की वीकएण्ड नर्सरी में रहना बहुत अच्छा लगता था या फिर खण्डाला के ड्यूक होटल में। इम्तिआज़, प्रीतम और मैंने तीन दिन के लिए खण्डाला का रुख कर लिया। जाते ही शाम को प्रीतम ने सिर्फ़ इतनी सी धुन सुनाई जिसमें 'ये दूरियाँ' फिट हो सके। वाह! शुरुआत अच्छी हो गयी

मतलब कुछ बढ़िया होने वाला है इस बार फिर। कुछ अच्छा होने का इन्तज़ार शुरू हो गया। पहला दिन बीता, पहली रात, अगला दिन, अगली रात। हम तीसरे दिन की सुबह नाश्ते की मेज़ पर मिले। तीनों अपने आप से नाराज़ थे। दो अक्षरों की धुन के बाद कुछ हो ही नहीं रहा था। समझ में नहीं आ रहा था दिमाग़ अचानक चलना क्यों बन्द हो गया था, क्या ये अचानक मिली सफलता के कारण था?

मुझे वीकएण्ड बँगले की उस कॉटेज के साथ वाला पार्क याद है जिस कॉटेज में प्रीतम रुका हुआ था। वो झूले पर बैठा था, इम्तिआज़ सीमेण्ट की बनी बेंच पर और मैं वहीं लगे एक पेड़ की शाख़ पकड़ कर अनमना सा झूल रहा था। शाम के तक़रीबन चार बज गये थे, धूप काफ़ी नरम हो चुकी थी। हम तीनों अब किसी गीत या धुन का इन्तज़ार नहीं कर रहे थे। अब चाय का इन्तज़ार था। हम तीनों ये मान चुके थे कि इन तीन दिनों में हमसे कुछ भी नहीं हुआ। बात समझ में आ गयी थी कि हम अचानक मिली सफलता का बोझ ले गये हैं। फिर प्रीतम ने कहा, 'मेरे ख़याल से हमें ये मान लेना चाहिए कि संगीत के तथाकथित आलोचक हमारी अगली फ़िल्म की संगीत समीक्षा की पहली लाइन लिख चुके हैं और वो लाइन ये कि इम्तिआज़, प्रीतम और इरशाद की तिकड़ी एक बार फिर 'जब वी मेट' की

सफल एल्बम के बाद साथ आयी है। अब सवाल ये है कि क्या इस तिकड़ी ने 'लव आजकल' में भी वैसा ही शानदार संगीत दिया है जैसा इनकी पिछली फ़िल्म में था? इस सवाल का जवाब है 'नहीं।' ये कहते ही वो हँसा तो हम दोनों भी खिलखिला उठे। इस बात का जो मुझे मतलब समझ में आया वो ये था कि हिट सोचकर कभी हिट गाना नहीं बनता। अकसर अच्छा गाना बनाने की कोशिश में ही हिट गाना भी बनता है। हमें अपने काम में लगे रहना चाहिए ईमानदारी से, बिना ये सोचे कि उस काम का अन्तिम परिणाम क्या है। बस उन तीन दिनों का यही हासिल था। यह समझ और दो अक्षर 'ये दूरियाँ।'

यह गाना पूरा मैंने बाद में किया। काफ़ी बाद इसकी पूरी धुन बनी और तब मैंने लिखा। मुखड़ा अन्तरा हो गया था लेकिन दूसरे अन्तरे के बारे में मन में विचार चल रहा था। तभी अचानक मुझे अपना एक पुराना शे'र याद आ गया जो यूँ था :

'ना तुम क़रीब आओ ना और दूर जाओ
चाहत बढ़ाता है जो ये वो ही फ़ासला है'

मुझे इस शे'र का ख़याल इस गीत के लिए बहुत मुनासिब लगा। मैंने इसी को इस्तेमाल करते हुए दूसरा अन्तरा लिख दिया। ऐसा अकसर हो जाता है मेरे साथ, मेरे कुछ पुराने शे'र ही मेरे गानों के काम आ जाते हैं।

इसलिए जब विचार आता है लिख लेता हूँ। पता नहीं कब क्या काम आ जाये।

ये दूरियाँ

ये दूरियाँ
इन राहों की दूरियाँ
निगाहों की दूरियाँ
हमराहों की दूरियाँ
फना हों सभी दूरियाँ...

क्यों कोई पास है, दूर है, क्यों कोई
जाने ना कोई यहाँ पे
आ रहा पास या, दूर मैं जा रहा
जानूँ ना मैं हूँ कहाँ पे
ये दूरियाँ
इन राहों की दूरियाँ
निगाहों की दूरियाँ
हमराहों की दूरियाँ
फ़ना हों सभी दूरियाँ...

कभी हुआ ये भी
खाली राहों पे भी

तू था मेरे साथ
कभी तुझे मिलके
लौटा मेरा दिल ये
खाली खाली हाथ
ये भी हुआ कभी
जैसे हुआ अभी
तुझको सभी में पा लिया
तेरा मुझे कर जाती हैं दूरियाँ,
सताती हैं दूरियाँ
तरसाती हैं दूरियाँ
फना हों सभी दूरियाँ

कहा भी ना मैंने
नहीं जीना मैंने
तू जो न मिला
तुझे भूले से भी
बोला ना मैं ये भी
चाहूँ फ़ासला
बस फ़ासला रहे
बन के कसक जो कहे
हो और चाहत ये जवान
तेरी मेरी मिट जानी हैं दूरियाँ
बेगानी हैं दूरियाँ

हट जानी हैं दूरियाँ
फ़ना हों सभी दूरियाँ...

x x x

'थोड़ा थोड़ा प्यार' मेरे पसन्दीदा गानों में से एक है। तकनीकी तौर पर इस गीत की ख़ासियत ये है कि इसमें एक ही पंक्ति में कई-कई क़ाफिये मिलाये गये है जैसे—हार ते सिंगार, आने बहाने, दिलवाली-सवाली आदि, वही नीरज जी वाली कलाकारी। लेकिन इसकी बेहद बड़ी ख़ासियत ये है कि ये गाना मुझे उस मोहल्ले में ले जाता है जहाँ अब भी मेरा बचपन बैठा शायद मेरी राह देख रहा है।

मेरे मलेरकोटला का मोहल्ला बख़्शी बदर दीन, ज़्यादातर राज-मिस्त्री, रंगसाज और तरखान रहते थे वहाँ। बस चार-पाँच घरों के बच्चे ही स्कूल जाते थे। उसी मोहल्ले में एक औरत रहती थी जिसको सब झाई कहते थे क्योंकि उसके अपने बच्चे उसे झाई कहते थे। झाई का मतलब भी माँ ही होता है। उसका असली नाम किसी को नहीं पता था। नवम्बर-दिसम्बर के महीनों में उस मोहल्ले में पूरे उत्तर भारत की तरह 2-4 शादियाँ ज़रूर होती थीं। और झाई हर शादी की जान होती थी। मैंने अपने बचपन में देखा है, मोहल्ले के जिस घर में शादी होती थी उसमें हफ्ता भर पहले औरतें शाम को इकट्ठी होकर गीत गाया करती थीं। असल लेडीज़ संगीत शायद वो था जहाँ गाना बजाना ख़त्म होने के बाद वापस अपने-अपने घर लौटती औरतों को गुड़ या

शक्कर दी जाती थी। झाई ऐसी महफिलों की सुपरस्टार होती थी। पचास-पचपन के आसपास की गेहुएँ रंग की बिंदास औरत। तीखी सी नाक, तिकोना सा चेहरा, नाक पे मोटा नज़र का चश्मा, मामूली-सी साड़ी में लिपटी हुई खुले मन की औरत, झाई। शादी की इन महफिलों में 'हाय, ऊई, ओ तेरी, है-है-है, च-च च' के रंग वही भरती थी ऐसी महफिलों में जब गाते-गाते वो गाने को बिस्तर की बातों तक ले जाती थी। उन महफिलों में मर्दों का होना मना था लेकिन हम बच्चे अकसर घुस जाते थे औरतों के बीच। 'थोड़ा थोड़ा प्यार' का कोर्स भाग मैंने इसी औरत झाई को याद करते हुए लिखा। झाई के लोक गीतों में ऐसे निर्लज्जता रहती थी जैसे कपड़ों के नीचे नंगापन रहता है। वैसे ही अगर आप ध्यान करेंगे तो कोर्स के बोलों के नीचे थोड़ी निर्लज्जता मिलेगी। कपड़ों के नीचे वाला नंगापन।

थोड़ा थोड़ा प्यार

ला ला ला ला हो गयी रे
बहजा बहजा बहजा बहजा हो गई रे
ला ला ला ला हो गयी रे

कोरस :

कुड़ी होई मुटियार,
आयी रूप की बहार

कर हार ते शिंगार,
जद निकली बज़ार

ला ला ला ला हो गयी रे
बहजा बहजा बहजा बहजा हो गयी रे

मुण्डे हुए परेशान,
देख रूप की दुकान
बोले भारी है सामान
लेंगे बेच के मकान
ला ला ला ला हो गयी रे
बहजा बहजा बहजा बहजा हो गयी रे

महिला गायक :

देखे मुझको वो आने बहाने,
पीछे आये गली नापता
मुण्डा है वो या झोंका हवा का,
क्या पता
यूँ लगे हर घड़ी हर जगह वो,
जैसे मुझको रहे ढूँढ़ता
मुण्डा है वो या झोंका हवा का,
क्या पता
हो पीछा भी ना छोड़े मेरा, चुप्पी भी न तोड़े
कह भी न पाये दिल वाली वो सवाली मेरे दिल का

मेरे दिल का हुआ ऐसा महरम थोड़ा-थोड़ा प्यार आ गया

कोरस :

शावा शावा शावा
ला ला ला ला हो गयी रे
बहजा बहजा बहजा बहजा हो गयी रे

एक गबरू जवान
ऐसा हुआ बेईमान
बन्दूक तीखी तान
बोला लूटना सामान

ला ला ला ला हो गयी रे
बहजा बहजा बहजा बहजा हो गयी रे

महिला गायक :

जाने कैसे हैं उसके इरादे,
मैं ना जानूँ वो क्या चाहता
ढूँढ़ें उसकी निगाहें क्या मुझ में,
क्या पता
सोचूँ कह दूँ बदन पे तू मेरे
यूँ छुरी सी नज़र न चला
ढूँढ़ें उसकी निगाहें क्या मुझ में

क्या पता
ओ...एकटक देखे मुझे ठण्डी साँस ले के
करता हो जैसे रखवाली, वो सवाली
मेरे दिल का हुआ ऐसा महरम, थोड़ा थोड़ा प्यार आ गया
ला ला ला ला हो गयी रे
बहजा बहजा बहजा बहजा हो गयी रे

x x x

इस फ़िल्म के आखिरी गाने की सिर्फ़ यही चार पंक्तियाँ लिखूँ?

ख़्वाबों की दहलीजें क़दमों को अब मेरे हैं चूमती
पहले था मैं पीछे, ये दुनिया अब पीछे है घूमती
मैं क्या हूँ, मैं क्या ये बतलाऊँ, मैं वो हूँ जो चाहूँ वो पाऊँ
मैं ख़ुद से ही वादे निभाऊँ, मैं वो हूँ जो चाहूँ वो पाऊँ...

या फिर आगे का गाना भी लिख दूँ? वो सब कुछ जो उस वक़्त इस फ़िल्म का नायक जय कह तो रहा है लेकिन ऐसा महसूस नहीं कर रहा। अकेला है वो वहाँ पहुँच कर जहाँ उसे पहुँचना था, अकेला है वो बहुत

अपने ख़्वाब को पाकर, सोच रहा है कि कितना ज़रूरी है ज़िन्दगी में सब कुछ ना मिलना भी।

अब सारी राहें खोलें बाँहें पीछे आयें मेरे मंज़िलें
अब जाऊँ जहाँ लगे वहाँ मेरे होने से हैं महफिलें
मैं जीने का अन्दाज़ जानूँ,
मैं ख़ुशियों का हर राज़ जानूँ
मैं जानूँ जहाँ को बतलाऊँ,
मैं वो हूँ जो चाहूँ वो पाऊँ

मैं ख़ुद से ही वादे निभाऊँ,
मैं वो हूँ जो चाहूँ वो पाऊँ
अब जाना मैंने जीना है क्या क्या है पूरा होना ख़्वाब का
अब देखूँ न वो सोचूँ न, वो जो भी यहाँ न हो ख़्वाब-सा
है शामों में अब तो सवेरे,
है हाथों में अब वक़्त मेरे
मैं ऊँचा इरादों से जाऊँ,
मैं वो हूँ जो चाहूँ वो पाऊँ
मैं ख़ुद से ही वादे निभाऊँ,
मैं वो हूँ जो चाहूँ वो पाऊँ
ये सफ़र एक ख़्वाब का सफ़र था। और इस सफ़र

के बाद मुझे ये समझ में आया कि ख़्वाब देखना जितना ज़रूरी है उन्हें पूरा करने की कोशिश करना उससे भी ज़्यादा ज़रूरी। ये भी सच है कि वक़्त, उम्र और समझ के साथ ख़्वाब और सफ़र बदलते रहते हैं। इस फ़िल्म के अन्त में यही होता है जय अपनी मंज़िल पा लेता है लेकिन अपनी मंज़िल पाने के बाद उसे लगता है कि शायद उसे ये नहीं चाहिए था। कुछ और था...इससे भी ज़्यादा कुछ और।

❑❑